品嘗好書　冠群可期

地底魔術王
江戶川亂步
品冠文化出版社

目錄

地底的魔術王

少年偵探⑥

地底魔術王

江戶川亂步

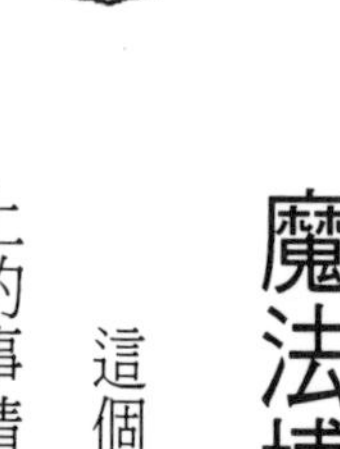

魔法博士

這個詭異的事件，必須從發生在就讀小學六年級的少年天野勇一身上的事情開始說起。

發生的事件，一件是饒富興味的趣事，另一件則是駭人聽聞的可怕事件。

春天的某個假日，天野勇一在住家旁邊的廣場上打棒球，那裡是位於東京世田谷區的某個住宅區。住宅區佔地頗大，附近的森林裡，有一座古老的八幡神社，前面則是一片空曠的大廣場，可以打棒球。

天野所屬於的長頸鹿球隊，以十八比十五力克敵方袋鼠隊。一場比賽結束後，大家聚在一起聊天。

這時，勇一的身後突然出現一名紳士，笑容可掬。年約五十歲，身著黑色西裝，披著尼龍外套，沒有穿大衣。就好像成人和服的外面罩上短外套一樣，彷彿一隻振翅的大蝙蝠似的。

沒有戴帽子，頭髮厚密而蓬鬆，而且髮色少見。雖然有些日本人的頭髮顏色偏紅，但是，像他這種黃色的頭髮卻不常見。不只如此，黃色的頭髮中還夾雜著黑色的頭髮，黃黑相間，猶如虎毛一般。沒有抹油，披在身後，輕飄飄地隨風飄動。在陽光下，閃耀如黃金一般的光輝。

鼻梁上架著玳瑁框的眼鏡，鏡片後方，瞇成如直線般的眼睛，正在微笑著。高高的鷹勾鼻，下方蓄著如針般銳利的鬍鬚，鬍鬚也是黃黑相間。嘴巴頗大，嘴唇呈鮮紅色。

少年們看著這名奇怪的紳士。紳士抽出原本放在口袋裡的右手，動作誇張地，彷彿在空氣中畫圓似的。結果，空盪盪的手中，竟然憑空的多出了一副撲克牌來。

紳士將十幾張撲克牌，一張張慢慢的扔到地面上，等到全都落地之

後，紳士微微一笑，又用手在空中畫了個大圓，結果很不可思議的，手中又變出一副撲克牌來。然後又像先前一樣，將撲克牌一張張的扔到地面上。

紳士始終面帶笑容，反覆做著相同的動作。最後，色彩鮮豔的撲克牌，彷彿秋天落葉一般，散落一地。

「哇哈哈哈，如何？長頸鹿隊和袋鼠隊的各位少年。我還可以變出很多的撲克牌來噢！不過，光是撲克牌，實在很無趣。想必你們一定還希望看到其他的東西吧？」

紳士裂開鮮紅的嘴唇，放聲說道：

「真是太神奇了，這是魔術嗎？」

一名少年抬頭看著紳士，詢問道。雖然不是很可笑的問題，但是紳士卻哇哈哈的大笑了起來。

「的確很像魔術，但是，世界上沒有第二個像我一樣的魔術師。我可不是魔術師，我是魔法博士。我可以從空氣中變出你們想要的任何東西，現在你們可要仔細看好噢！」

紳士說著，手又轉了一圈，手中變出一根新的球棒。

「來，這是給優勝隊長頸鹿隊的獎品，請接受我的頒獎。」

天野勇一身旁的少年接過了球棒。紳士用拐杖畫了一圈，大披風的袖子彷彿在晃動似的，兩隻手上又憑空多了兩個新棒球手套。

「來，你們兩隊各一個，長頸鹿隊和袋鼠隊的主將過來領取吧！」

少年們面面相覷，猶豫著是否該接受陌生人送的禮物。然而在紳士的催促下，兩隊還是收下來。

「叔叔，你真的是魔法博士嗎？你家住在哪裡？」

當天野勇一詢問時，紳士揮舞著黑色披風的袖子，眼睛瞇得更細，咯咯的笑道：

「就在附近。從這裡就可以看到。在八幡神社森林的那一頭，一棟

有煙囪的洋房。我是在一個月前搬進去的。」

少年們全都知道那棟洋房。古老的紅磚建築，斜斜的屋頂上，有用磚塊砌成的四方形暖爐煙囪。但那是一棟讓人看起來覺得很不舒服的怪房子。

「咦！你說的是那棟妖怪洋房嗎？」

突然有人大叫：

「哇哈哈哈，附近的人都說那一棟房子是妖怪洋房，但那可不是妖怪洋房，而是魔法博士住的地方。裡面根本沒有妖怪。因為妖怪的傳聞不斷，所以沒有人敢搬進去。不過，我現在就住在裡面，而且把它改建得很棒，我還想招待你們進去參觀呢！」

「你是說，你可以藉著魔法的力量，從空氣中取得任何想要的東西，用來裝飾那棟房子嗎？」

聽到有人這麼說，少年們哄堂大笑。紳士則不斷的抖動大披風的袖子，用手制止他們，說道：

「不，這一點都不好笑。你說得沒錯，事實就是如此。藉著魔法的力量，裝飾整棟房子。我將它命名為奇異國。你們聽過西方的童話故事『愛麗絲夢遊仙境』吧？事實上，與故事裡同樣的奇異國，就出現在那棟洋房裡。」

紳士說著，又咯咯笑了起來。看過『愛麗絲夢遊仙境』的天野，他的好奇心被挑了起來，渴望見到這個魔法博士所住的房子。

如黃金般發亮的頭髮，奇怪的鬍鬚，彷彿蝙蝠般的黑色披風，而且憑空抓取球棒及棒球手套，這個怪異的紳士，竟然就住在八幡神社森林對面，那個有著紅色煙囪的神祕世界裡。天野心想，那裡應該和普通世界不同，而像是童話王國一樣，恍如置身夢境之中。

「我想去，什麼時候可以去參觀呢？」

天野突然問道。這時，其他少年也紛紛表示想要同行。

「我也要。」

「我也要。」

「我也要。」

想要參觀奇異國的人愈來愈多，一群人圍在紳士的周遭議論著。

「好、好，非常歡迎，你們能夠來是我的光榮，但今天還不能去。我和你們今天才剛認識，應該還要互相了解一下才對。如果現在瞞著你們的父母，帶你們到我家去，他們一定會責罵你們。」

紳士邊說，右手邊在空中畫圓，頓時手中又憑空多出一個海綿球。

他將球扔給少年們之後，又繼續畫圓，結果又出現另一個海綿球。同樣的動作反覆進行數次，最後總共變出六個球。

「來，不用客氣，每隊各三個。再見啦！」

說完，魔法博士那如蝙蝠般的大身影迅速離去，瞬間就消失在八幡神社的森林中。

事情到此並未結束，接下來還有更駭人聽聞的事情發生。

透明妖怪

勇一趁著晚餐時間，將魔法博士的事情告訴父親。父親說道：

「噢！有這麼奇怪的人搬到那棟洋房裡？真是個奇怪的魔術師。不過，我想他的球棒和棒球手套，應該是藏在寬鬆的披風裡，假裝神奇的力量，好像是憑空取出似的。其實，我也想見他一面，也許他真的是有名的魔術師呢！」

很感興趣的說著。

「我真的很想看他口中所說的那個奇異國。」

「嗯！爸爸也想看。既然是魔術師，那麼，在他的家裡應該設有各種的機關，感覺好像置身於童話王國一般。」

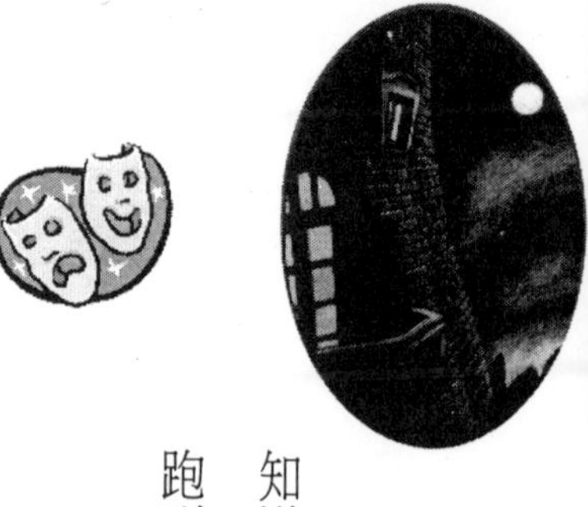

父親同意後，勇一很興奮，滿腦子想的都是魔法博士的事。可是不知道怎麼回事，博士後來就一直都沒有再出現。迫不及待的勇一，經常跑到洋房前面窺伺，卻總是看到大門深鎖，彷彿空屋似的寂靜無聲。

但是，三天後的傍晚，母親驚慌的聲音從後院裡傳來。

「阿勇、阿勇，快過來，事情不好了，兩隻兔子都不見了！」

勇一在後院的倉庫旁用鐵絲網圍成柵欄，飼養了兩隻兔子。勇一聽到母親的叫聲，大吃一驚，立刻跑到後院。結果發現鐵絲網被扯開，柱子被推倒，兩隻小白兔已經不知去向。更令人不忍卒睹的是，草地上還留有斑斑的血跡。

「我之前有聽到奇怪的聲音，趕到這裡時，就變成這樣了……」

「應該不是人為的吧？」

百思不解的勇一，喃喃自語的說著。

「如果是人，應該不會把這裡弄得亂七八糟，只要拉開鐵絲網就好了。大概是有野狗跑進來吧！」

「可是，媽媽，到底是體型多大的狗，才有力量推倒柱子，破壞鐵絲網呢？」

「但是如果不是人、不是狗，那麼到底會是什麼？」

兩人驚懼不已的面面相覷，沈默了一會兒。

「媽媽，會不會是妖怪跳過了圍牆，偷偷的跑了進來呢？如果是妖怪的話，應該就具有這個力量。」

「喂！少嚇唬人了，雖然我也聽說過附近有妖怪……」

兩人愈想愈是害怕，趕緊跑進屋內。等到父親從公司下班回來時，將這件事告訴他，不料父親卻笑道：

「什麼妖怪，勇一，你也太會胡思亂想了。應該是野狗。野狗肚子餓時，就會湧現強大的力氣。」

這個事件就這樣告一段落。

當晚，又發生了一件不可思議的怪事……。

這天晚上，天氣悶熱，勇一打開書房的窗戶坐在桌前念書。這時，突然覺得眼前有白色的東西閃過。

心裡覺得奇怪，抬頭往窗外一看。在一片漆黑的庭院中，有白色的物體正在移動著。黑暗中，影子是白色的。勇一認為那可能是白天跑掉的一隻兔子。

可是，兔子走路的方式卻非常怪異，啊！後腳似乎不良於行，彷彿受重傷似的，一拐一拐的，用前腳拖著身體行走。

「真可憐，我得快去救牠。」

勇一立刻跑到庭院裡。

今晚是個沒有星星的黑夜。微弱的光源來自書房裡的電燈，在庭院如果不小心摸索，根本無法判別方向。不過，兔子白色的身體仍然清楚可辨。

勇一家的庭院彷彿廣大的森林一般，而白兔就這樣的跛著腳，在黑暗的森林中爬行。

「喂！紅寶石，不可以到那裡去，快過來，過來啊！」

因為兔子鮮紅色的眼睛非常漂亮，於是為牠取名為紅寶石。從牠模糊的身影看來，應該是紅寶石。因此，勇一扯開喉嚨叫喚，並追趕著白兔。

兔子繼續的往樹林中前進。因為速度緩慢，勇一很快的就能追上。勇一立刻來到了兔子的身邊，伸出雙手，打算將兔子從地面上抱起。

然而，就在勇一的手尚未碰觸到兔子之際，兔子卻被莫名的東西抬了起來，全身飄浮在空中。

看到這詭異的景象，勇一嚇得說不出話來。呆若木雞的勇一，根本不知道害怕，眼睛只是瞪著飄在空中的白兔。

不知為什麼，兔子飄到勇一胸部的高度，前腳不斷的掙扎。不久，

隨即發生了令人驚悚的事情。

不知為什麼，兔子的頭瞬間消失，只留下身體還飄在空中。頸部以上，連長長的耳朵都不見了。

此刻勇一嚇得呆在原地，楞楞的瞪著飄浮在空中、沒有頭的兔子。接著兔子的前腳、胸部消失，最後連腳也不見了。一隻白兔就在勇一的面前消失得無影無蹤。

這真是教人難以想像的怪事。彷彿在黑暗的庭院中，有一個肉眼看不到的透明妖怪抓住兔子，從頭開始，一口一口的吃掉牠。

腦海中閃過這種念頭的勇一，嚇得毛骨悚然，內心恐懼不已，拔腿跑進屋內。

聽到勇一的描述，父親拿著大型的手電筒，立刻來到了庭院。在樹叢中，沒有兔子的蹤影。但可怕的是，兔子消失的地方，其地面上留有斑斑的血跡，連周圍的草都被染紅了。

「咦！這是什麼？」

父親嚇了一跳，用手電筒照著這個地方。

在遺留血跡的附近，一棵高大的松樹矗立。松樹樹幹在距地面一公尺處有嚴重的傷痕。十五公尺正方形的樹皮被挖掉，白色的樹紋裸露在外，外觀慘不忍睹。

那並不是用鋸子鋸開的傷痕，而是被猶如大齒輪般的物體，奮力拉扯而留下的痕跡。

各位讀者，這松樹的傷痕，其實隱藏著令人不寒而慄的祕密。這個祕密究竟是什麼呢？不久之後，謎底即將揭曉。而這個謎團也是勇一的父親始料未及的。

少年小林

一連串詭異的事件，到底和住在勇一家附近的魔法博士有沒有關係呢？誰也不知道。

魔法博士自從上星期日出現之後，過了六天到了星期六，勇一在放學回家的途中，刻意繞道，來到了魔法博士家的洋房前。

勇一每天都會趁著放學回家時，繞到洋房來看看。平常總是鐵門深鎖，紅磚建築物裡一片寂靜，裡面是否真的有人，根本無法得知。所以他每次都是失望而返。

然而，今天鐵門竟然敞開，在勇一通過洋房前時，有人從裡面走了出來。仔細一看，正是先前那個穿著如蝙蝠般大披風的魔法博士。走路時，黃黑相間的長髮隨風飄動，大的玳瑁眼鏡則閃耀著光芒。

「叔叔！」

勇一叫住他。魔法博士看到勇一之後，微笑著說道：

「喔！你不是長頸鹿隊的天野勇一嗎？哈哈哈，我還記得你噢！當時我從你的朋友那裡知道你的名字，也知道你家在哪裡。老實說，現在我正好要去你家，拜訪你的父親呢！」

「咦！找我爸爸？叔叔找爸爸有什麼事嗎？」

「不，其實也沒什麼重要的事。對了，我不是和你約好，要讓你們到我家參觀奇異國的嗎？明天正好是星期天，我想招待你們十二、三名少年到我家來，而且也想請你們的父母一起來，所以，我才想要先到你家打個招呼。」

「啊，太棒了！我一直很想參觀叔叔的家呢！每天放學回家時，我都會過來瞧瞧，可是每次都大門深鎖……」

「哇哈哈哈，你真有趣，明天我就讓你看個夠。魔法博士的奇異國

真的很棒噢！明天一定讓你們大開眼界。」

「啊！有什麼令人驚奇的事嗎？」

「有什麼？哇哈哈哈，不行，不能告訴你，這是祕密、祕密！明天絕對是有趣的一天。」

兩人並肩離開洋房，朝勇一的家走去。身材高大，肩膀寬闊，十分壯碩的魔法博士，黃黑相間的長髮，如猛獸鬃毛般的飄著，不停揮動的如蝙蝠翅膀般的披風，走路飛快。個頭矮小，只到博士胸前的勇一，只好小跑步的跟在身後。

「叔叔，我可以帶朋友去嗎？」

「咦！朋友？學校的同學嗎？」

「不，是我的好朋友。」

「嗯！和你同年紀嗎？」

「雖然也是孩子，但是比我大三歲，就是小林芳雄。」

「咦，小林芳雄？我好像聽過這個名字。啊，他是不是明智偵探的助手小林？」

「哇！是的，叔叔，你也知道他啊？你見過明智偵探嗎？」

「不，沒見過。我是從報章雜誌上看到的。既然是小林少年，我當然非常歡迎他來。對了，既然你和小林少年是朋友，那麼你也應該認識明智偵探吧！也請明智先生一起過來好了。」

「明智先生現在生病，在家裡休養。」

「哪裡不舒服啊？」

「我也不知道，不過，已經躺了兩週，而且聽說高燒不退。」

「嗯！是嗎？那麼小林應該無法前來吧？」

「不，兩、三天前，我已經告訴過小林，叔叔的奇異國的事。他當時說，如果叔叔邀請我時，他也想一起去，我也答應他了。」

「嗯！那就好。對了，這件事也要告訴你的父親噢！」

兩人終於來到勇一家。正好遇到從公司回來的勇一的父親，並招待魔法博士到客廳，博士和父親談了一會兒，不久之後就回去了。

勇一的父親因為星期天有事，所以無法去參觀奇異國。不過，既然勇一和小林同行，那麼他就可以放心了。打電話通知小林之後，再告知魔法博士，到時候他們會去打擾他。

奇異國

星期天下午一點，小林按照電話中約定的時間，來到了勇一家。小林身穿藏青色的服裝，臉頰如蘋果般的紅潤，依然朝氣蓬勃。

兩名少年立刻前往魔法博士的洋房。由於時間還早，所以在鐵門前並沒有看到其他的少年。

走進門，踏上玄關的石階，按下安在石柱上的門鈴。屋內傳來「請

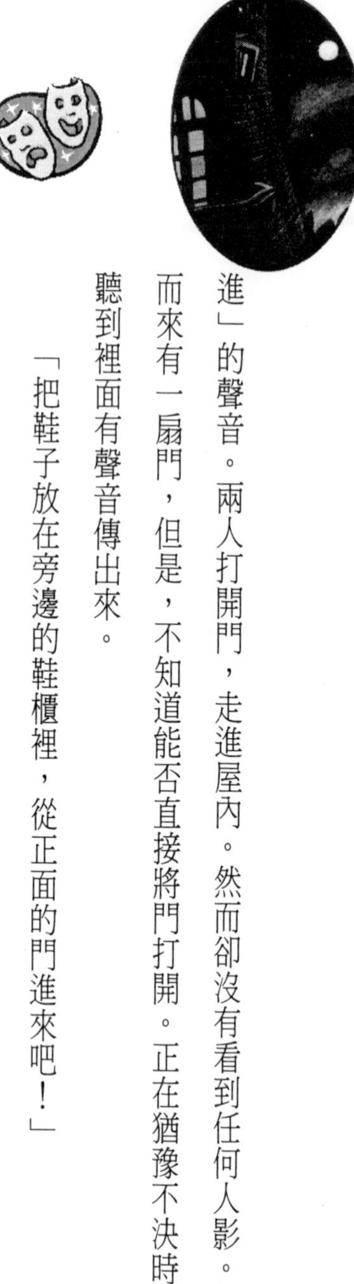

進」的聲音。兩人打開門，走進屋內。然而卻沒有看到任何人影。迎面而來有一扇門，但是，不知道能否直接將門打開。正在猶豫不決時，又聽到裡面有聲音傳出來。

「把鞋子放在旁邊的鞋櫃裡，從正面的門進來吧！」

兩人於是聽從吩咐，將脫下的鞋子放在鞋櫃裡，接著打開正面的門。往裡頭一看，原來是大廳。

正準備走進去時，他們突然嚇了一跳，佇足不前。原來在正前方的牆壁上，竟然有個妖怪在笑。

那是一張數千倍大的魔法博士的臉。在接近一公尺長的玳瑁眼鏡的鏡片後方，看到兩顆眼珠子，以及鷹勾鼻、眉毛，而黃黑相間的頭髮，飄散在天花板上，猶如可怕的雲一般。

迎面的地板到天花板，看到的全都是一張臉。雖然是假的，但卻是和魔法博士的臉一模一樣。彷彿數十枝竹竿排列在一起的鬍鬚，朝左右紛飛。宛如洞穴般的大嘴正裂開的笑著。

兩名少年被彷彿惡夢般的景象嚇得發不出聲音來。仔細一看，原來這張臉是紙糊的，其實並不可怕。

「哇哈哈哈……」

突然傳出大笑聲。

「你們嚇到了嗎?哇哈哈哈，可不要被這種小東西嚇著，這還只是入口而已。裡面還有更神奇的東西在等著你們呢!」

確實是魔法博士的聲音。就好像這張紙糊的大臉在說話似的，完全不見博士的蹤影。

「這裡一定有擴音器，而且在我們看不到的地方有偷窺孔。他就是從那裡偷看，並對著麥克風說話，所以聲音才會那麼大。」

小林對勇一耳語著。

「你們還在那兒猶豫什麼，趕快進來吧!哈哈哈，難道你們找不到

入口嗎？並沒有其他的入口啊！就走進我的嘴巴裡吧！我的嘴巴就是奇異國的入口噢！」

我的嘴巴指的是博士紙糊的臉，其如洞穴般的嘴巴就是入口。紙糊臉的嘴巴正咧得大大的，只要蹲下鑽進去，就可以通過。

嘴巴裡一片黑暗，什麼也看不見。走進裡面，彷彿被怪物吞掉一樣，讓人感覺渾身不自在。由於沒有其他入口，只好勉為其難的從這裡進去。就這樣，他們鑽過了鮮紅的嘴唇和有如岩石一般的牙齒，戰戰兢兢進入巨人的口中。

迎面而來的是狹窄的走廊，兩人手牽著手，一邊摸索牆壁，一邊往前進。不一會兒，他們來到盡頭。正前方有一面板牆，無法繼續往前走。就在準備退回入口處時，又聽到擴音器中傳來博士的聲音——

「摸摸正面的牆壁，那兒有門把。打開門，走進去之後，記得再把門關上噢！」

兩人彷彿被催眠似的，聽從博士的吩咐打開門，走了進去，再將門關上。

剛一探頭踏進去，就出現讓人傻眼的景象。

眼前一片光明，極為眩目。等到眼睛習慣光亮後，感覺兩人周圍被數百名少年包圍。少年們穿著毛衣和運動夾克，就好像在學校參加升旗典禮似的，排列在四面八方。

各位讀者是否也會覺得不可思議呢？確實如此。就算魔法博士的洋房再寬敞，也不可能容納得下數百名少年。如果門後就是洋房外，那還有可能。洋房外就有那麼大的空間。

然而若是在屋外，應該就可以看得到天空，可是兩人抬頭一看，只覺得天旋地轉，幾欲暈厥。頭頂上哪有什麼天空，有的只是或站或躺的幾百名少年，彷彿從天上跳下來似的。

不只如此，低頭看腳下，赫然發現踩著的不是地板，而是亂哄哄地

幾百名少年。啊！到底發生什麼事？數以千百計的少年，竟然飄浮在空氣中。

我為何要敘述得如此詳盡呢？因為小林和勇一看到這幅景象而感覺驚訝的時間，只有短暫的二十秒而已，二十秒之後，謎團就解開了。這裡根本不是什麼廣大的空間，而是只有一坪大的小房間。

聰明的讀者們，應該已經猜到了吧！一坪大的房間裡，為什麼能夠容納這麼多的少年呢？

二十秒後，兩人首先察覺到，上下、左右、前後的數百個人的臉，全都一模一樣，不！正確地說應該是同樣的兩張臉，亦即全數是小林少年和勇一的臉。

被數百個和自己長相相同的人，亂哄哄地包圍，相信各位已經知道了吧……這裡就是一間八角形的鏡屋。

八角形的牆壁，鑲著鏡子。天花板和地板也都是鏡子。小小的房間，四周全是鏡子。從天花板、牆壁到地板，各個小的陷凹處內，都各放置一個電燈。總共有十六個電燈泡，從四面八方照射過來。

謎底已經揭曉。被幾百個自己包圍，感覺當然不舒服。手一動，幾百個人的手跟著動；開口說話，幾百個人的嘴巴也在動。面對這幅奇特的光景，心裡不甚痛快。

焦急想離開鏡屋的兩人，卻找不到出口。原先進來的門，內側也變成鏡牆，根本不知道到底哪一個才是真正的門。

就在這時，不知所措的兩人突然看到，八角牆壁的其中一面牆朝外打開。魔法博士正笑吟吟的站在那裡，不是幾千倍大如妖怪般紙糊的臉，而是真正的魔法博士。

黑魔術

「哇哈哈哈，你們一定嚇了一跳吧！奇異國就是這樣的地方。另外還有很多驚奇的事物，不過，今天就到此為止。接下來，就要進行真正的舞台大魔術的表演，來！我帶你們過去看看。」

離開鏡屋的兩名少年，站在魔法博士面前。博士今天穿著白色類似燕尾服的服裝，白色格子上衣，同類型的褲子。肩上則披著如蝙蝠翅膀般的白色披風。

當小林行禮示意時，博士向他輕輕的點了點頭，說道：

「你就是那個有名的少年小林吧？關於你的英勇事蹟，我已經在報章雜誌上看過。少年名偵探的光臨，是我的榮幸。哇哈哈哈！」

博士用手撫摸著黃黑相間的頭髮，裂開紅色的嘴唇，愉悅得笑了起來。和入口千倍大的妖怪笑容簡直一模一樣。

「接下來就輪到我的魔術表演登場了。雖然是魔術，但是和坊間那些變戲法的人可不一樣噢！因為我是魔法博士。就好像拿破崙一樣，我的字典裡沒有不可能這三個字。到底會發生什麼事呢？你們就坐在觀眾席拭目以待吧！客人還沒有到齊，我要先到後台準備一下。」

博士說著，消失在舞台後方。被留下來的兩人，坐在觀眾席上，看著魔術表演的舞台。

十公尺正方形的大空間，觀眾席大約有三十多張椅子，另一側是較高的舞台。但是，和一般的舞台不同，這裡的舞台沒有任何的裝飾，也沒有布幕，台上相當漆黑。除了背景是一片黑布之外，連地板也用黑布覆蓋，整個舞台都是黑色的。

觀眾席的窗戶全都緊閉，好像電影院似的，因為被黑色的窗簾覆蓋著，所以陽光無法照進來。在偌大的空間裡，彷彿置身於黑夜之中。雖

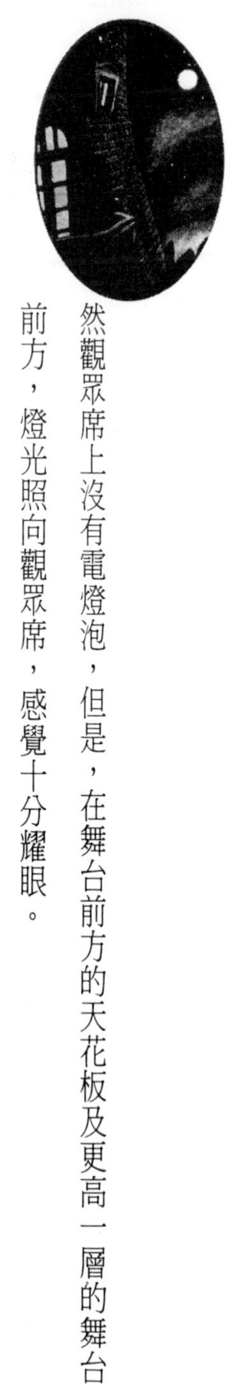

然觀眾席上沒有電燈泡，但是，在舞台前方的天花板及更高一層的舞台前方，燈光照向觀眾席，感覺十分耀眼。

觀眾席上，已經坐著比勇一等人早到的五、六個大人和孩子。不久，終於從鏡屋那兒陸續走出其他的客人。博士的助手站在鏡屋門前，請前來的參觀者到觀眾席上。這些孩子很少有單獨前來的，多半是由父親、母親或兄長陪同。

離開鏡屋的少年們，臉上都帶著驚訝的表情。可能是恐懼的心理作祟，臉色蒼白。有人嚇得大氣不敢喘，有人則若無其事的咯咯笑著。

「各位！客人已經全部到齊，那麼，大魔術表演即將開始。」

助手說完，消失在舞台後方。包括家長在內，觀眾人數總共有二十五人。

不一會兒，身穿白衣的魔法博士現身在舞台上。他先對在座的觀眾鞠躬，接著輕咳一聲，以莊重的語氣說道：

「歡迎各位蒞臨。在鏡屋內也許會讓大家感到害怕，但是在奇異國之中，那只不過是幼稚園的程度，真正令人驚奇的，現在才正要開始。我將在這個舞台上表演大魔術，這可不是什麼戲法，而是真正的魔術。魔術有上百種，接下來要進行的是黑魔術。不過，在此之前，先來個牛刀小試的表演。各位！現在我就在這個空無一物的舞台上，讓各位開開眼界吧！」

博士說著，後退了兩、三步，雙手伸向前方，做出撫摸舞台兩、三次似的動作。

結果，空無一物的舞台中央，竟然憑空出現一張和窗戶大小相同的撲克牌。撲克牌的圖案是紅心皇后，看起來和真正的撲克牌沒有兩樣，只是放大一千倍而已。

博士走近飄在空中的大撲克牌，用雙手將撲克牌翻過來，讓觀眾看背面。背面也是相同的圖案。接著再翻過來，回到正面。後退一步，拍

了一下手。結果如何呢？撲克牌上的紅心皇后竟然微笑了起來。

「咦，奇怪！」當大家正感到驚奇時，紅心皇后彷彿要從撲克牌裡跳出來似的，往前探出上半身，並張開雙手，對著觀眾席微笑打招呼。

啊！果然是出人意料的奇術。光是這一點，一般的魔術師就很難辦到。各位讀者只要仔細想一想，就可以知道，這是多麼困難的魔術。

然而博士卻說這只是牛刀小試，真正的大魔術才要開始呢！到底是什麼樣的魔術呢？

接下來究竟會發生什麼事？魔法博士舉行這場魔術表演有什麼目的呢？難道只是為了取悅孩子們嗎？

不、不，應該不只如此。少年小林也參與其中，難道博士是故意誘導他前來嗎……到底他有什麼企圖呢？

空中飄浮術

魔法博士不斷的晃動如蝙蝠翅膀般的白色披風，雙手在空氣中做出撫摸似的動作。結果，原本彷彿在窗戶中微笑的撲克牌紅心皇后，有如被吸入空氣中似的，瞬間消失在眾人面前。

魔法博士的白色身影，站在舞台正中央，恭謹的鞠躬，說道：

「你們一定覺得很驚訝、很不可思議吧！哈哈哈……可不要被這種小把戲嚇到，這還只是微不足道的魔術，一般的魔術師都會。稍後我再解說原理。」

魔法博士說完，又晃動他那白色的披風，繼續笑著說道：

「接下來的魔術，我自己一個人無法表演，必須有一名志願者到舞台上來幫忙。嗯！天野勇一，請你上台來一下。你既可愛又乖巧，身高

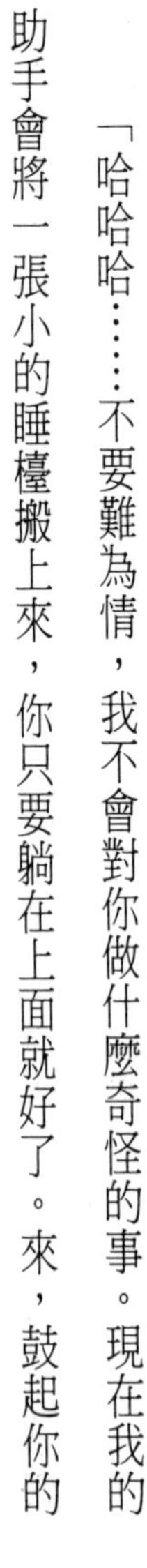

也剛好，就請你上來協助我吧！」

坐在觀眾席前排的勇一，在博士的慫恿下，並沒有立刻上前，因為他有種不舒服的預感。

「哈哈哈……不要難為情，我不會對你做什麼奇怪的事。現在我的助手會將一張小的睡檯搬上來，你只要躺在上面就好了。來，鼓起你的勇氣，上台來吧！」

勇一不喜歡別人罵他膽小鬼，於是用眼神和小林商量，見小林點了點頭，他立刻從椅子上跳起來，走上舞台。

這時，從舞台的後方走出兩名打扮有如餐廳服務生一般，穿著白衣的助手。他們將小型躺椅般的睡檯，擺放在舞台正中央。睡檯上覆蓋著有紅藍美麗圖案的白布。白布上有銀色的穗子，裹住睡檯床腳的上方。穗子下方木頭的腳床塗成白色，在漆黑的背景前，白色美麗的睡檯，看來如夢幻一般的優雅。

「勇一，你穿上這個。表演魔術時，一定要把自己打扮得很漂亮才行噢！」

魔法博士將助手拿來的白色衣服套在勇一的外衣上。

「嗯！很合身，你現在是一個很可愛的小男孩噢！現在你躺在這個美麗的睡檯上，我要開始變魔術了。等一下你就會像是在童話故事裡一樣，可以在空中旅行噢！」

勇一按照他的指示，躺在睡檯上。這時，魔法博士整個人好像貼在他身上似的，在他旁邊喊喊喳喳地耳語著。勇一突然笑了起來，不停的點頭。博士似乎在告訴他，接下來魔術表演的方法。

觀眾席上的少年們，因為不知道接著會發生什麼令人驚訝的事，全都眼睛圓瞪，盯著舞台上的一舉一動。

魔法博士站在睡檯旁，正面對著觀眾席，又是恭謹的鞠個躬。

「接下來，就請各位好好欣賞空中飄浮術的大魔術。躺在上面的天

野勇一少年的身體，會因為我的魔法，變得比空氣更輕，然後飄浮在空中，進行快樂的空中之旅。不只如此，還有更有趣的事情會發生噢！絕對會讓你們目瞪口呆。那麼，我們現在就開始吧！」

說完，魔法博士站在距離睡檯兩公尺處，凝視著躺在上面的勇一的臉。就好像在施行催眠術似的，專注的看著他。

坐在觀眾席前排的小林少年，突然發現博士的眼睛變成圓形的。原本博士的眼睛細得如線一般，所以，一直以為他的眼睛天生很細，不料現在竟然變成一雙又大又圓的眼睛，彷彿兩隻眼睛充滿在玳瑁鏡框裡一般。

難道在施行催眠術時，人的眼睛會出現如此可怕的形狀嗎？世上本來就有很多大眼睛的人，可是現在博士的眼睛豈止是大字可以形容，他的眼眼所迸射出的銳利光芒，根本不像是人類會出現的眼神。

就像猛獸的眼睛！就像是猛獸要撲向獵物時，那種令人毛骨悚然的

眼神一樣。

小林想要從椅子上跳起來，然後跑到舞台上，大叫：「不要再表演這麼奇怪的魔術了！」

可是，正當小林這麼想時，博士的眼睛又恢復為原先的大小。如猛獸般兇狠的眼睛，又變成像往常一般溫柔的眼神。

「難道是我弄錯了嗎？大概是受到鏡片的影響，我才會看錯吧！」

坐在椅子上的小林雖然按兵不動，卻覺得心跳逐漸加快，而且湧現不祥的預感。

飄浮在空中的頭

躺在睡檯上的勇一，不知道是不是中了魔法博士的催眠術，閉上眼睛，好像睡著一樣，一動也不動。

站在距睡檯兩公尺處的博士，依然看著勇一。這時，他扯開如蝙蝠翅膀般的白色披風，伸長雙手，猶如蛇一般，上上下下的移動，在空中做出撫摸似的動作。

結果，啊！躺在睡檯上的勇一，身體竟然慢慢的飄浮了起來。

勇一的身體和睡檯之間形成兩公分的距離。不久之後，這個距離逐漸拉大，變成五公分、十公分、二十公分。雖然速度極慢，卻仍然看得出他正一點一點的往上飄浮。

在黑色的背景前，穿著白色服裝的勇一，格外的醒目。在沒有任何可以支撐的東西下，勇一就這樣的飄浮在空中。真的很不可思議，感覺就好像在做夢一樣。

然而就在勇一的身體距離睡檯一公尺時，突然發生了一件可怕的事情。勇一的臉突然不見了，也就是頸部以上的部分全都消失了。雖然還是穿著白色的衣服，但卻好像被破壞的玩偶飄浮在空中一樣。

不一會兒，胸部、腹部跟著消失，最後只剩下膝以下的部位。可是事情仍未停止，腳踝！最後連穿著白襪子的腳踝都不見了。就好像消失在空中似的，勇一就這樣的失去了蹤影。

在漆黑的舞台上，彷彿有個肉眼看不到的大怪物，從頭開始，格格地吞噬掉勇一。

魔法博士面露兇狠的表情，漠然的瞪著這一切。當勇一完全消失時，他顫抖著身體，對觀眾席叫道：

「糟糕，魔法玩得太過火了，天野勇一跑到另一個世界去了，已經從這個世上消失了。如果放任不管，我將會對不起勇一的父母。好，我也要到另外一個世界去，將勇一帶回來。各位，我也暫時將從這個世界上消失囉！」

說完，博士解開如蝙蝠翅膀般白色披風的繩子，拿掉了披風，並且脫掉白色的褲子、襪子。

結果怎麼樣了呢?褲子裡什麼都沒有,腳竟然也不見了,只剩下腹部以上的身體飄浮在空中。

接著,博士又脫掉了白色的上衣和襯衫,結果也和先前的情況一樣,襯衫裡空無一物,連身體都消失了。最後只剩下一顆頭飄浮在空中露著牙笑著。

果真像是「飄浮在空中的頭」!而且在頭朝側面移動一公尺後,突然像火般瞬間消失。亦即魔法博士從這個世上完全消失了。

黑暗的舞台上,只留下一個裝飾華美的睡檯,除此之外,什麼也看不到。

因為實在是太不可思議了,觀眾席上鴉雀無聲,甚至聽不見咳嗽的聲音。

大家深信,博士和勇一從另一個世界回來時,一定會再出現在舞台上。

於是眾人全都耐心的等待著。

彷彿置身於廣大的墓場似的，場內寂靜無聲。一分鐘、兩分鐘、三分鐘過去了，但是，舞台上並未有任何人現身，只剩下漆黑的空間，不斷的擴大。

就在這時，突然傳來「哦——、哦哦哦、哦哦哦」令人不寒而慄的聲音。那並不是人發出的，而是動物的聲音。有如猛獸在吼叫一般。

觀眾們嚇得毛骨悚然，面面相覷。

每個人都臉色慘白，背脊發涼。因為太詭異了，所以大家全都瑟縮著身體。

爬在牆上的怪物

數分鐘之後，舞台上依然沒有什麼事情發生，觀眾們已經失去耐性了。

最先站起來的是少年小林。小林不客氣地跑到舞台邊，不斷大叫著：「勇一，勇一！」

但卻沒有任何回應。

就在小林喊叫的同時，觀眾們全都離席，聚集到舞台旁，七嘴八舌的討論剛才發生的事情。

小林跳上舞台，對著裡面大叫：「有沒有人在啊？」

這時，黑幕後方出現兩個身穿白衣的助手。

「先生不見了，到目前，我們到處都找不到他。」

一名助手喘著氣說道。先生指的當然是魔法博士。

「博士不見了，那麼勇一呢？」

「唉！兩個人都不見了。」

博士和勇一少年真的到另外一個世界去了嗎？

「既然博士表演的是黑魔術，那麼你們在舞台上時，應該穿的是黑色的衣服吧？」

小林知道黑魔術這種奇術，於是詢問助手們。

「是的。我們之前在白色的衣服外面套上黑絲絨的衣服，戴著黑頭巾和黑手套，當博士的助手。而且因為有電燈的掩護，所以觀眾席上什麼都看不到。就算我們在舞台上走動，台下的人也看不見。」

「難道你們沒有發現博士消失了嗎？」

「我們並不是一直待在舞台上。就在我們回到後台時，博士和孩子就都不見了，我們也覺得很奇怪。」

聽到這番問答，不知道什麼是黑魔術的觀眾們，還是不了解他們談話的內容。看到眾人滿臉疑惑，於是小林開始為大家解釋何謂黑魔術。

「大家之前看到的表演，只不過是普通的戲法，稱為黑魔術。也就是將光源全部集中到觀眾席，舞台上就什麼也看不見了。就像現在我在說話，可是你們卻看不清楚我的手和臉一樣。博士就是利用這點，不只自己穿白衣服，也讓勇一穿上白衣服。

在觀眾席上的你們，連我都看不清楚，更別提身穿黑絲絨，戴黑頭巾和黑手套的其他人。這兩個助手就是以這種黑衣裝扮，在舞台上發揮作用的。這就是戲法的一種。

最初大撲克牌的表演，就是用黑絲絨罩住大木板，再由助手慢慢的拿掉黑布而已，這樣才會讓人誤以為是憑空出現的。至於會動的紅心皇后，則是讓其中一名助手化妝，穿上與圖案中的紅心皇后相同的衣服，戴上皇冠，然後再從撲克牌挖空的地方探出上半身。在觀眾看撲克牌的內側時，迅速將剪掉的圖案復原，自己則重新戴上黑絲絨布，佯裝憑空消失的景象。

勇一會飄浮在空中，就是穿著黑絲絨衣服的助手們，把雙手藏在勇一白色寬鬆的道具服中，將他抬起的緣故。再由一名助手用黑絲絨布從

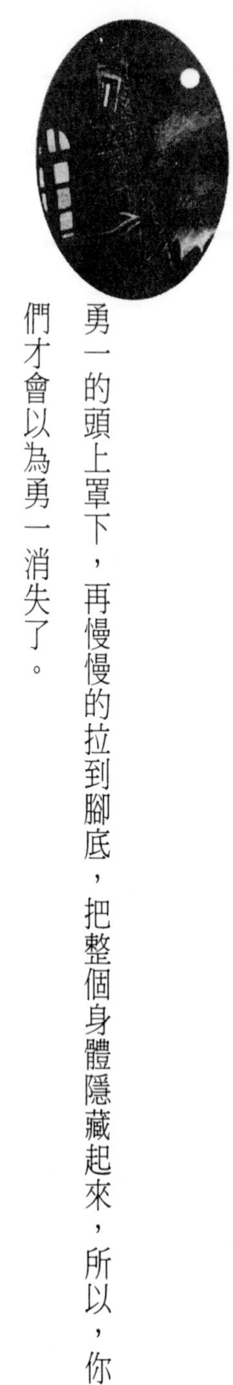

勇一的頭上罩下，再慢慢的拉到腳底，把整個身體隱藏起來，所以，你們才會以為勇一消失了。

魔法博士的身體在脫掉衣服的時候會消失，就是因為在白衣服裡面穿著黑絲絨襯衫和褲子的緣故。當然戴著白手套的裡面也戴有黑手套。最後，再將黑絲絨布蓋住整個頭，所以臉才會跟著消失。」

小林不愧是名偵探的左右手，仔細的說明魔術表演的謎底。說著，小林回頭看著兩名助手，以眼神詢問自己說得對不對。助手們訝異的看著小林，不停的點頭。

「被黑絲絨布蓋住的勇一，後來到哪裡去了？是不是被放到舞台的地上去了呢？」

「是的。他被黑布蓋住之後，就被放到那裡的地板上去了。」

一名助手走到先前放置勇一的地方，用手指著該處。當然，現在那裡空無一物。走上舞台之後，因為背對刺眼的燈光，所以，黑色的東西也可以看得一清楚。偌大的舞台上，除了兩名助手之外，並沒有其他的人。

雖然已經知道魔術的謎底，但卻不知道博士和勇一少年最後是怎麼消失的。在了解魔術的手法之後，眾人驚嘆不已，吵鬧聲愈來愈大。

這時，幾名家長跳上舞台，取下舞台前裝有電燈泡的板子，將板子朝向相反的方向，照亮舞台，仔細搜查布幕、地板等地，然而卻沒有發現任何人影。

打開舞台後方的門，那是通往後台，裡面有狹窄的房間，但還是沒有什麼發現。再打開另一扇門，陽光射入眼簾，已經是黃昏了。由於先前一直待在黑暗的屋內，所以即使光線不強，仍然覺得刺眼。

來到走廊，一側是牆壁的盡頭，一側則是通到另一個房間。檢查面對庭院的玻璃窗，發現早就從內側上鎖，應該不會有人從這裡出去。

小林比其他人更早一步進入走廊盡頭的另一個後台，那是個圓形的

小房間，只有一扇小窗，窗戶同樣上鎖，毫無異狀。圓形房間的正中央有螺旋梯，那裡是在這棟洋房中彷彿夢幻城堡般圓形塔的一樓。

如果魔法博士要帶勇一逃走，則除了觀眾席之外，這裡就是唯一的路。小林不相信能夠藉著魔法消失，所以，認為博士和勇一一定是躲在這個塔上。為什麼要躲在塔上呢？小林無暇深思其中的原因，立刻一歇也不歇地爬上螺旋梯。

二樓窗戶也無異狀，繼續來到三樓頂上，也沒有看見任何人，但窗戶是開著的。爬上去一看，發現窗沿雖然佈滿灰塵，卻很雜亂，顯然有人從這裡爬了出去。

不過，根本不可能從三樓的窗戶跳下去，因為這裡距離地面有七公尺高。難道是利用繩索爬下去的嗎？可是並沒有看到繩索。

小林探出頭，檢查窗外的情況。窗外只有一面無法佇足的平滑磚牆。若非蛇或蜥蜴，根本沒有能力爬這面牆。

想到這裡，小林突然看到奇怪的東西。在直立的平滑牆上，一隻黑色的怪物，正如蜥蜴般的慢慢爬行。頭已經朝向二樓的窗邊往下爬。

那是一隻以往在照片或圖畫中從未見過的黑怪物，大小和人一樣。有四隻腳，皮膚有如黑絲絨一般。

真奇怪？兩隻手、兩隻腳，穿著黑絲絨襯衫、褲子、襪子，戴著黑絲絨手套。小林不禁「啊！」出聲大叫。

聽到小林叫聲的怪物，似乎受到驚嚇，停止爬行，抬頭看著小林。

那是魔法博士的臉！他嗤笑著，的確是魔法博士。

石獅子

由於太過震驚，大叫的小林，卻無法動彈。好像著了魔法似的，傻楞楞的看著黑色怪物。

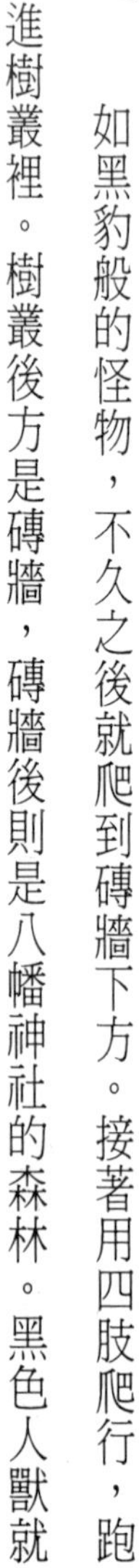

如黑豹般的怪物，不久之後就爬到磚牆下方。接著用四肢爬行，跑進樹叢裡。樹叢後方是磚牆，磚牆後則是八幡神社的森林。黑色人獸就這樣的消失在黑暗的森林之中。

小林彷彿置身在惡夢中，懷疑自己的眼睛是不是看錯了。但這絕對不是夢，黑色怪物的確有一張和魔法博士相同的臉。

小林只看到黑色怪物，那麼，勇一呢？難道勇一已經被博士用魔力變成動物而藏到森林中了嗎？

一定要儘快將這件事通知大家才行。

小林跑下塔的樓梯，將看到的事情告訴在下面等待的觀眾們。

聽到這件不可思議的事，眾人皆大為吃驚，面面相覷。等到回過神來，又是一片騷動。

必須趕快找到勇一，並且掌握魔法博士的去向。二十幾名小孩在家長的帶領下，開始搜查洋房和八幡神社的樹林中。

一方面，小林則先跑回勇一家，帶著臉色蒼白的勇一的父親來到現場，加入搜索的行列中。其中，有位家長已經通知附近的派出所，不久之後，幾名警察也趕到。然而無論他們如何找尋，洋房的內外，就是沒有發現勇一少年和魔法博士的行蹤。

八幡神社樹林內的樹幹和草叢中全都仔細搜查過，卻沒有發現黑色怪物的身影。詢問住在神社附近的居民，也沒有發現什麼可疑的人物。

天色逐漸暗沉，只好暫時中止搜索行動。警察們留下兩人繼續監視，其他人就回到警察局去。這件事一定要儘快報告警政署，並聯合東京市的警察局協助搜查魔法博士和勇一少年。

就在眾人離去之後，小林獨自來到八幡神社的森林中，倚著大樹幹，不斷的回想起剛才的事。

「奇怪！那有如黑豹般的身影逃到森林外，一旦遇到居民，當場就會被發現，應該會引起大騷動，他不可能順利的逃走。難道他真的擁有

神奇的魔力，在眾人沒有察覺之下藏匿在森林中嗎？」

想到這裡，突然覺得背脊發涼。森林中一片漆黑，迎面的神社，外觀已經十分模糊。另一側則彷彿罩了一塊黑幕似的。

就在這時，小林發現在黑暗中似乎有什麼東西在移動。他立刻躲到樹幹後方，看著移動的東西。

「難道是我看錯了嗎？」

神社前方放置的石獅子，右邊的石獅子在距離小林前方五公尺處好像在移動似的。

蹲在三階階梯的石檯上，大石獅子的體型和人相去不遠。獅子鬃毛斂起，大臉、粗腿、長尾巴，是在動物園裡看不到的奇特怪獸。

既然是石獅子，當然就不會動。之前在大家搜查森林時，都沒有人去留意石獅子。

錯愕的小林，在黑暗中聚精會神的盯著石獅子。

「如果石獅子剛才真的在動，那麼待會兒它一定還會再行動。」

由於白天看到太多令人百思不解的事情，所以，小林不由自主的產生這種想法。

小林的念頭似乎傳到了石獅子的腦海中，石獅子果然開始移動。

小林突然全身發麻，神情僵硬。那不會是一場可怕的惡夢吧？不，不是夢。小林一想到白天的事，頓時清醒。

啊！石獅子彷彿活生生的怪獸，走下石檯。以奇怪的姿勢走下石檯後，用四肢爬行，朝黑暗的神社方向走去。

躲在樹幹後的小林，害怕石獅子會撲向自己，不過，石獅子似乎沒有發現小林，頭也不回的爬上神社的樓梯，打開正面殿門，消失在神社內。門好像被什麼東西拉住似的，「咻」的一聲重新關上。這時，裡面傳來獅吼聲。

那個聲音，酷似白天博士在舞台消失時出現的詭異怪物的叫聲。

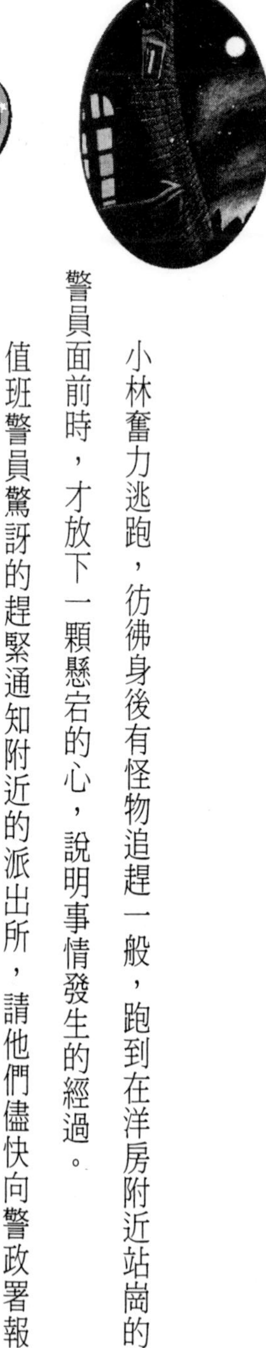

小林奮力逃跑，彷彿身後有怪物追趕一般，跑到在洋房附近站崗的警員面前時，才放下一顆懸宕的心，說明事情發生的經過。

值班警員驚訝的趕緊通知附近的派出所，請他們儘快向警政署報告。不久，幾名荷槍的警察隨即趕到。

夜已深，警察們用手電筒四處尋找，同時通知八幡神社事務所裡的人，由他帶路，一行人來到神社。

警察們拿著手槍，以防萬一。當神社的門開啟時，手電筒的光全都聚集到門內。

「嘿！在那裡！」

藉著手電筒的光，看到大石獅子坐在那裡。面對警察，石獅子穩若泰山，既不逃也不撲過來，一動也不動。但是，瞪人的兇惡眼神讓人不寒而慄。

「咦！奇怪，這不是真的石獅子嗎？」

一名警察勇敢的伸出手，用手槍前端叩叩敲打石獅子的肩膀，敲打聲很清脆，的確是石頭做成的石獅子。

大家於是聚攏過來，用手電筒照著石獅子，撫摸牠的全身。當警察將手放到獅子頭上，用力按壓，身體變傾斜。放開手之後，聽到噗通的聲響，獅子又回到原先的位置。

「哈哈哈……這明明是石頭做的獅子，喂、喂，你怎麼說牠會動呢？」

小林覺得自己好像做了一場夢。

「不，牠真的是活的。我還看到牠從那邊的石檯上下來，走到這兒來呢！」

「嗯！你說的是這個石頭嗎？」

警察用手槍叩叩敲了下石獅子的頭，又笑了起來。

「不過，白天這傢伙明明是在石檯上，大家全都看到了，為什麼現在會在這裡？」

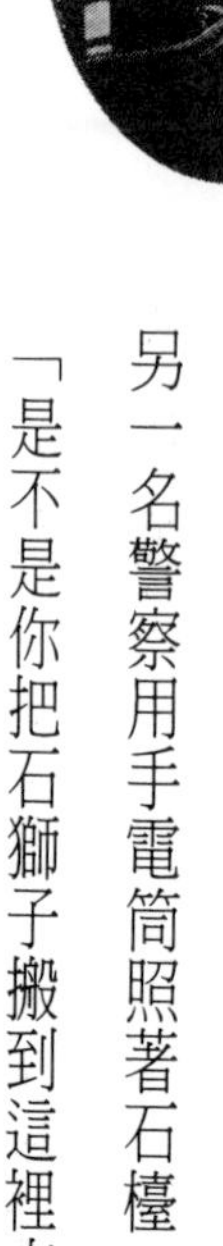

另一名警察用手電筒照著石檯，突然說道：

「是不是你把石獅子搬到這裡來的？」

「我怎麼可能搬得動這麼重的東西。」

「說的也是。那麼，這到底是怎麼回事呢？」

幾名警察百思不得其解。這時，小林突然看到社殿的柱子有異樣的痕跡，因為有一位警察的手電筒正好照著那裡。

「那是什麼？」

聽到小林這麼說，大家的目光全都集中到那裡。柱子上，有一道駭人的痕跡！十五公尺正方形的柱皮剝落，露出白色的木頭，外觀慘不忍睹。

「好奇怪的痕跡，好像被大型動物用牙齒咬過。痕跡還是白色的，看來應該是不久前留下的。」

雖然警察們和小林少年都不知道，但是各位讀者應該還記憶猶新。

勇一家的庭院裡，白兔消失時，松樹樹幹上也留有一道可怕的傷痕。

姑且不提這個，光是看到不知何時溜進神社的石獅子，以及柱子上詭異而可怕的痕跡這兩種奇怪的光景，就足以令人毛骨悚然。眾人目瞪口呆，不知所措。

虎影

接下來的幾天內，都沒有發生什麼事情。儘管警方漏夜搜查，但除了石獅子之外，並沒有任何發現。之後，東京的警察也展開地毯式的搜索，尋找魔法博士和勇一少年的下落，可是依然徒勞無功。

從那個可怕的日子算起，正好是第六天的下午，四名少年前來勇一家拜訪。

四人分別是小林和讀者還不熟悉的三個中學生。其中最高的是花

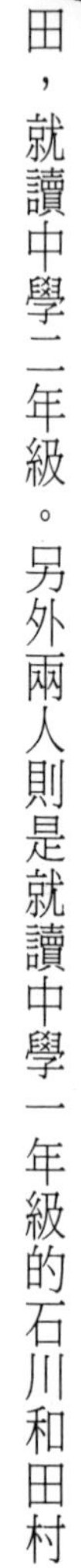
田，就讀中學二年級。另外兩人則是就讀中學一年級的石川和田村。花田、石川和田村等三人，從小學開始，就加入少年偵探團。現在是小林團長的參謀，肩負重責大任。三人的學校都位於和明智偵探事務所同區的千代田區。

魔法博士的事件被媒體大肆報導，小林團長的好友勇一失蹤了。在得知這件事之後，三名少年立刻去找小林，希望少年偵探團能盡一份心力，儘快找到勇一。

於是四人今天來到勇一家，想要詢問目前的進展。

剛好勇一的父親在家，他請四名少年到客廳，殷勤的招待他們。

打完招呼後，小林迫不及待的切入事件正題。

「叔叔，後來還有沒有發生什麼奇怪的事？」

勇一的父親，似乎早就在等他問這個問題，立刻答道：

「我接到一封奇怪的信，看來勇一應該平安無事。」

「咦！奇怪的信？誰寄來的？」

「是勇一寄的。就在這裡，你們看。」

說著，從懷中掏出四方形信封，遞給小林。

迅速從信封內取出一張白色的便條紙，信件內容是用鋼筆寫的，同時還附有一張照片。

「啊！這是勇一的照片。他穿的衣服好奇怪呀！」

「看來他可能就是以這個模樣待在某處，你們先看信上怎麼說。」

打開信一看，裡面寫著奇怪的內容。

爸爸、媽媽，我沒事，請你們放心，但是我可能暫時不能回家，也不能告訴你們我現在身在何處。

信裡附上一張我的照片，這是昨天照的。我現在穿著漂亮的衣服，住在豪華的房子裡。每天都可以吃到美味大餐。

我不知道自己什麼時候可以回去，真的很抱歉。不過，我現在過得很好，請你們放心。

勇一上

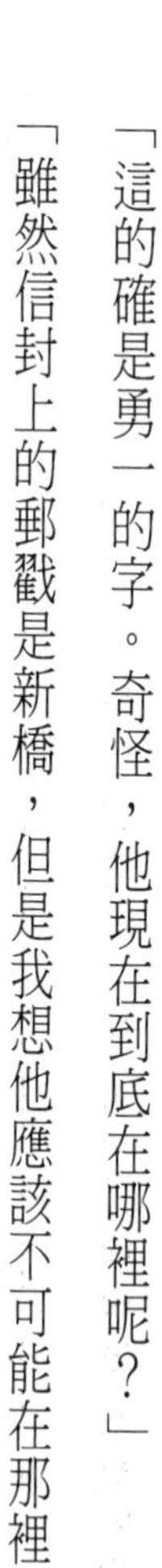

「這的確是勇一的字。奇怪，他現在到底在哪裡呢？」

「雖然信封上的郵戳是新橋，但是我想他應該不可能在那裡，他一定是被關在某個地方。還說每天都可以吃美味大餐，叫你們不用擔心，那麼究竟是誰綁走他的，真是令人捉摸不透。」

「是魔法博士做的。」

「我也這麼想。可是為什麼魔法博士要抓走勇一呢？如果是為了錢，他大可綁架勇一，向我勒索。但我並不是什麼有錢人，沒有什麼讓他覬覦的寶貝，實在太奇怪了。」

「通知警方了嗎？」

「嗯！他們已經看過這封信。不過，他們也搞不清楚到底發生什麼事。」

「如果明智老師沒有生病，那麼憑他的智慧，一定可以發現其中的祕密。但是他現在發高燒，我不敢告訴他勇一被擄走的事。可是叔叔，我們少年偵探團很擅長找人，以前就曾經立下很多的功勞，讓我們試試看吧！對吧，花田。」

「沒錯，我們可是小林團長最得力的助手。雖然石川和田村個子矮小，但是大家都很機靈噢！」

花田得意的說著。

吃完點心、喝完咖啡，四名少年打開格子門，來到屋外。正打算離開時，在門口看見一名衣著骯髒的男子，好像正在逃跑似的，慌慌張張朝對面快步走去。

「那傢伙剛才一定躲在門外偷聽，實在很可疑。」

花田低聲說道。

「要不要跟蹤他？」

田村用眼神詢問。

「好，你和石川先跟著他，我們隨後就趕過去。」

小林團長指示道。

於是田村和石川兩名少年兵分二路，沿著兩旁的道路，猶如小松鼠般，小跑步的展開跟監行動。

男子的腳程相當快，一會兒往右，一會兒往左，不久之後就進入了熱鬧的城鎮裡。

十五分鐘後，石川和田村二名少年，垂頭喪氣的回到隨後趕到的小林及花田身邊。

「唉！被他發現了。他回頭看到我們，拔腿就跑，混入人群之中，被他逃掉了。」

雖然跟蹤失敗，但是既然這名男子逃走，就表示他的確可疑，和勇一被綁架的事件大有關係。

「你們記得他的長相嗎？」

當小林詢問時，兩名少年面露難色。

「不，根本不知道。他戴著帽子，帽簷壓得很低，而且還拉高衣領，遮住臉。如果他再換件衣服，恐怕很難認出來。」

「好吧！今天就到此結束，你們暫時先回去，今晚我會想個找出勇一的對策。如果你們有想到什麼好的方法，明天放學之後來找我，我們再好好的商量吧！」

小林團長說完，朝國鐵（現在的ＪＲ）車站的方向先行離去。

這天晚上，花田家發生了一件不可思議的事情。

花田家位於港區的住宅區內，家中有一片廣大的庭院。

用過晚餐，做完學校功課，花田便開始思考勇一的事情，不過，始終沒有想到什麼好的計策。晚上十點，花田一如往常，躺在床上，蓋上

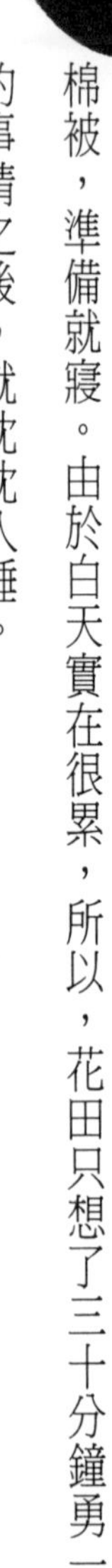

棉被，準備就寢。由於白天實在很累，所以，花田只想了三十分鐘勇一的事情之後，就沈沈入睡。

半夜，花田被奇怪的聲音吵醒，原來是窗戶的碰撞聲。玻璃窗外，似乎有人在那裡敲打著。

花田的寢室約有四個半榻榻米大，一邊是走廊，一邊則是可以看到後院的窗戶。裡面是紙門，外面則是玻璃窗。花田發現好像有人在敲玻璃窗。

「誰啊？誰在那裡？」

花田叫喚著，可是無人回應。不久又聽到叩叩、叩叩的敲打聲，讓人覺得很不舒服。花田是個勇敢的少年，他鑽出棉被，來到窗邊，再次問道：「誰在外面？」但是依然無人回應，於是刷的打開紙門。

結果，花田「啊」的叫了一聲，呆立在原地。因為他看到玻璃窗外有個可怕的妖怪。

距離玻璃窗三十公分處，赫然看見一張大臉。身高和普通人相仿，臉卻足足大上三倍。眼睛迸射光芒，黃色的毛倒立，耳朵豎立。大嘴咧開，舌頭鮮紅，露出兩顆尖牙。

黑夜裡，滿月高懸，庭院的景物清晰可辨。月光正好照著妖怪的半張臉，連細微處都可以看得很清楚。

乍看之下，還無法分辨是什麼東西。直到回過神來，才發現原來是一隻巨大的老虎。

巨大的老虎用後腳站立，前腳趴在玻璃門上，不停的敲著玻璃門。鮮紅的舌頭從牙縫間吐出，不停的喘著氣。頸部到肩膀，則有黃黑相間如波浪般的鬃毛。

花田全身僵硬，渾身發冷，嚇得動彈不得，甚至發不出聲音。他就這樣愣愣的看著老虎銳利的眼睛。

深夜的怪事件

相距約一公尺，兇惡的老虎和花田互瞪著對方，時間一分一秒的流逝。

這時，又發生詭異的事情。

事後再回想起來，花田也不知道自己為什麼會有這種奇怪的感覺。彷彿飛入卡通電影世界中，而自己就是電影中的主角一樣。

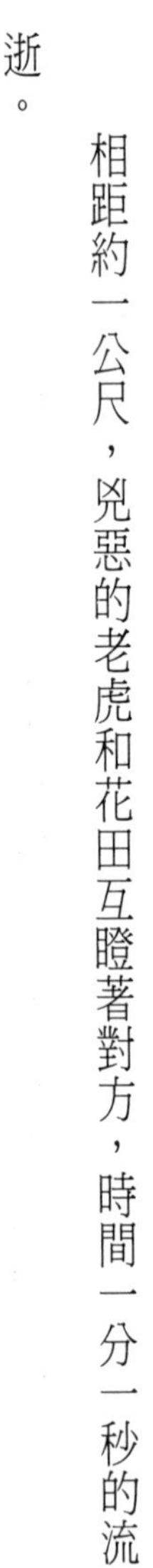

雖然窗外的老虎沒有說話，但卻好像看穿花田心思似的，老虎想的事情，鑽入了花田的心中。

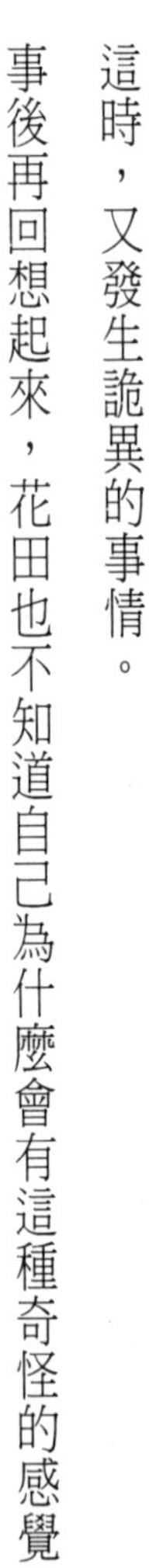

「我帶你到一個有趣的地方。來，你打開窗戶，出來吧！」

老虎好像在傳達這個意思，花田清楚的感受到這一點。即使不想打開玻璃窗，卻不知從何處，湧現莫名的力量，他伸出手，打開窗戶。

「如果要外出，就必須先換衣服噢！」

老虎好像是這麼說的。兇狠老虎的臉，竟然變得十分溫柔，看起來一點也不可怕。於是花田立刻換好衣服，戴上帽子，蹣跚的走到窗邊。趴在窗沿的老虎，用兩隻前腳抱起了花田。

「還好你有穿鞋子，現在爬到我的背上吧！」

老虎彷彿又這麼的說道，花田騎在老虎的背上，老虎就這樣揹著可愛的少年，從打開的後門跑了出去。在月光照耀的深夜城市中，緩慢地跑向附近的大街。

這究竟是怎麼回事？在東京市的大街上，怎麼可能會出現老虎？甚至是有個少年騎在老虎的背上，在深夜的城市裡，穿梭在街道上。根本沒有人會相信這件事。

然而花田知道自己不是在做夢，事情的確發生了。即使他願意不相信，這卻是事實。直到後來，大家才知道究竟是怎麼回事。

騎在老虎背上的花田，有如猛獸國的征服國王般，不過，花田的姿態可是一點都不威風，反而沒有活力。

如果說猛獸會對人施行催眠術，那麼，花田看起來就像中了催眠術一般。花田的眼睛彷彿夢遊者似的，呆滯無神。

老虎來到大街時，已經是深夜兩點。白天熱鬧的街道，現在則沒有人煙，悄無聲息。迎面的電線桿旁有一輛汽車，車頭燈沒開，如黑色怪物般停放著。老虎走向汽車。

就在這時，突然聽到附近傳來「哇」的哀嚎尖叫聲，劃破深夜城市的寧謐。此時，在與汽車相反的方向月光照不到的暗處，有條黑色人影正奮力的跑開。

原來是一名半夜有急事外出的女子，通過該處時，看到少年騎在老虎的背上，嚇得尖叫逃走。

這名女子跑到對面的派出所，值班警員立刻拿著手槍，來到現場。

另外，聽到哀嚎聲的商家，也都陸續打開門張望。不一會兒，附近住家的人全都跑了出來。

但是，老虎似乎毫不在意，走近汽車，用前腳叩叩地敲打車身。

車門打開，駕駛走了出來。看到老虎，卻沒有驚慌之色，反而平靜的打開後座的車門，讓老虎上車。

彷彿夢遊者的花田，則被駕駛緩緩的抱入車內。令人驚訝的是，跟在花田身後的老虎，也跟著上車，靠在椅座上。

猛獸坐車？真是前所未聞的事情，但這卻是千真萬確的事。接著，汽車以飛快的速度駛離，留下錯愕的警察和居民們。

老虎悠閒的靠在椅座上，前腳搭在花田的肩上，看著他的臉，好像在對他說話似的。

花田絲毫沒有反抗，猶如做夢般，非常的安靜。接著，老虎的一隻前腳，逼進花田眼前，用有如軟棉花似的東西，捂住他的口鼻。

花田因為覺得呼吸不順暢，想要拂開那個東西，不過卻在掙扎時逐漸喪失了意識，最後花田還是暈了過去。

猛虎瑜伽

當花田睜開眼睛時，發現自己還在車上。猙獰的老虎已經不知去向，反而是一個老爺爺笑吟吟的看著他。白色的鬍鬚垂到胸前，圓臉臉頰紅潤，看起來就像聖誕老公公一樣。他穿著西裝，坐在花田的身旁，俯身看著他。

「你已經睡很久了，清醒了嗎？你應該還記得這間房子吧！」

探出車窗，天色逐漸變亮，在白色的天空下，可以清楚的看到一棟如城堡般的洋房矗立在前方。那是紅色磚瓦砌成的古老建築，屋頂有塔。這棟房子確實很眼熟。啊！對了，那就是勇一失蹤的魔法博士的洋房。花田和小林團長到勇一家的途中，曾經看過這棟洋房。

「爺爺，你是誰啊？我必須趕緊回家，否則家人會擔心。」

聽到花田這麼說，老人笑著說道：

「不必害怕，我會讓你回去的。為什麼我會帶你來這裡呢？因為我想讓你看看那個孩子。」

「那個孩子是誰？」

「就是那個名叫天野勇一的可愛少年呀！」

「咦！那麼勇一還在這棟洋房裡囉？」

「沒錯，下車吧！」

究竟發生什麼事？魔法博士家應該空無一人，眾人已經大肆搜索過，連一隻貓都沒有發現。實在很難相信，勇一會回到這裡。

此時，花田一聽到勇一在洋房裡，立刻忘了自己要趕回家的事。

如聖誕老公公般的老爺爺，牽著花田的手，走下車，進入洋房的大

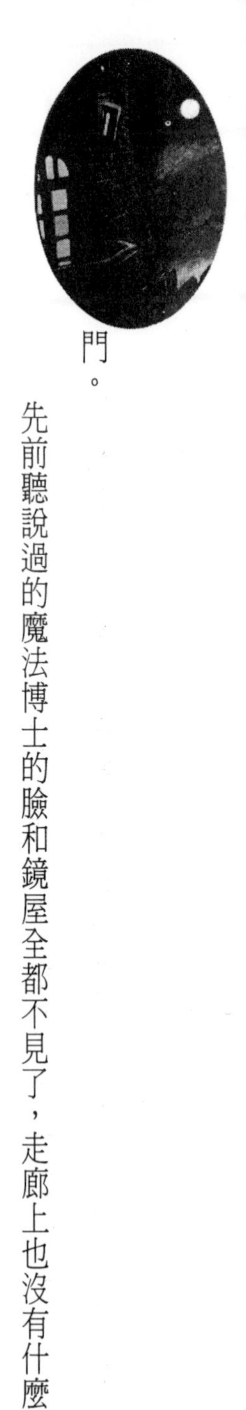

門。

先前聽說過的魔法博士的臉和鏡屋全都不見了，走廊上也沒有什麼特別的東西。來到走廊盡頭，看到一間房間。

「就是這裡，勇一在裡面。你自己開門進去。」

聽了老公公的話，打開門的花田，看了房內一眼，突然屏住呼吸，呆立不動。

他可不是看到什麼恐怖的景象，而是房間的佈置實在太美了。

「喔！你看，勇一就在那裡，快去見他吧！」

老人咧嘴笑著帶花田進去。

這個房間彷彿精緻的點心，十分華麗。天花板、牆壁、地毯，甚至連桌子、椅子和裝飾品都是白色的，猶如聖誕蛋糕的糖果屋。

原本聽說魔法博士的洋房好像妖怪的房屋，有點暗，而且老舊。但是眼前卻出現白色夢幻般的房間，簡直教人不敢相信。正前方坐著一位

美少年，對著站在門口的花田點點頭，微笑的看著他。

這位美少年就是照片上的天野勇一，服裝和照片裡一模一樣。身穿雪白發亮的上衣，白色的短褲，白襪和白鞋，彷彿從西洋童話故事裡走出來的王子一般。

「來，來，花田，你過去和勇一聊聊，我先去準備可口的點心。」

老人說著就高興的走出房間，花田趁機輕聲的對勇一說道：

「你是天野勇一吧！我是小林的少年偵探團團員花田，我是來救你的。」

「謝謝你，但是不行。」

「我已經看過你寄給父親的照片和信，那封信真的是你寫的嗎？」

「是的，的確是我寫的，在魔法博士的命令下寫的。所以，信的內容並不是我的本意。」

「魔法博士在這裡嗎？」

「當然，剛才那個老爺爺就是魔法博士。他真的很厲害，我們絕對不能掉以輕心。」

「既然如此，你有沒有被虐待？」

「沒有。不過，他警告我，如果我想逃走，就會被老虎吃掉。」

「咦！老虎？」

「噓！」

勇一用眼神示意，表示老爺爺已經回來了。

老人雙手托著大銀盤，笑著走了進來，說道：「來吃吧！」將銀盤置於大桌上。

銀盤上放著有如西式城堡般建築的糖果點心和蛋糕。更不可思議的是，糖果屋的形狀和魔法博士的洋房完全一樣。

「大家可能吃不完，我們就從塔頂開始吃起。這裡有刀叉，別客氣，快吃呀！」

兩名少年迫於情勢，只好用刀子切塔頂取用。可是一想到這個老人就是魔法博士，可口的點心也變得難以下嚥。只吃了兩、三口，就覺得肚子已經飽了。

看著這一切的老爺爺，則大笑道：

「哇哈哈哈，你們並不像其他的孩子一樣那麼愛吃甜食。好吧、好吧，暫時不吃，我先帶你們去看有趣的東西。來吧！跟我走。」

兩名少年就好像在貓面前的老鼠一樣，雖然不願遵從老人的吩咐，卻又不敢拂逆他的意思。不得已，只好跟著走出房間。

在走廊上拐了幾個彎，來到一個大房間。這裡和先前的房間不同，比較暗。在眼睛習慣黑暗之前，根本不知道裡面有什麼東西。不一會兒，兩人看到房間對面角落有一個用粗大鐵棒打造而成的大鐵籠，而且有一股酷似動物園裡的氣味撲鼻而來。

「鐵籠裡有什麼東西呢？你們過來看看吧！」

在老人的催促之下，兩名少年站在籠子正面。在微暗的室內，赫然看見一隻大老虎。

「這可是我的寶貝，也是我的守護神。不遵守我的命令的人，我就會把他丟進鐵籠裡餵老虎。你們聽到了嗎？」

老人瞪著兩名少年，同時用手叩叩地敲打著鐵籠。

「瑜伽、瑜伽，客人來了，快起來，快向客人打聲招呼。」

猛虎聽到主人的吩咐，好像從睡夢中驚醒似的，立刻跳起來。背部的毛髮倒豎，兇狠的瞪著兩名少年，張開血盆大口，發出吼……的叫聲。

少年們嚇得倒退兩步。花田這才明白為什麼先前勇一說「不行」的意思。不過，這真的是讓花田騎在背上，和他一起坐車的那隻老虎嗎？花田直盯著老虎的臉，但卻無法分辨真偽。感覺好像是同一隻老虎，卻又好像不是。

老人悄然無聲的走到陷入沈思的花田身後，拿著好像白色棉花的東

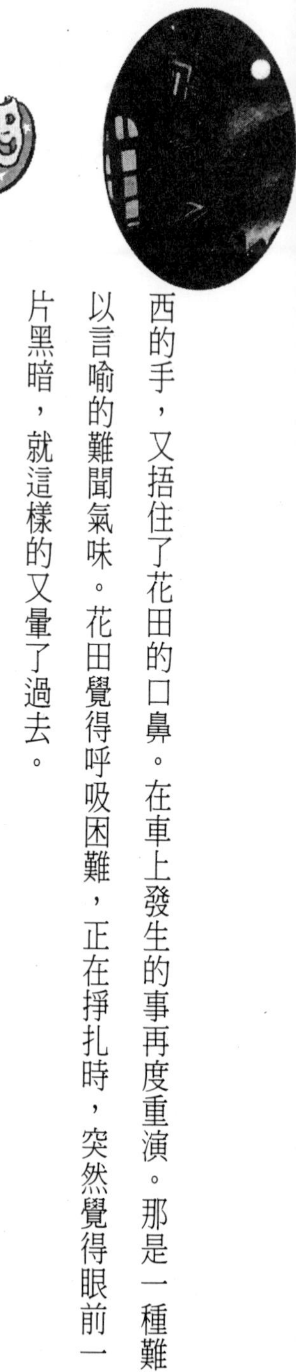

西的手，又捂住了花田的口鼻。在車上發生的事再度重演。那是一種難以言喻的難聞氣味。花田覺得呼吸困難，正在掙扎時，突然覺得眼前一片黑暗，就這樣的又暈了過去。

怪屋之怪

「喂，喂——」彷彿有人在遠處呼喚他，張開眼睛一看，警察就站在自己的面前。

覺得納悶不已，朝左右張望，花田發現自己躺在森林的草叢中。

「喂，怎麼回事？身體不舒服嗎？」

警察溫柔的詢問他。

「啊，那個！」

花田好像發現什麼似的，突然大叫。

「咦！那個？那個是什麼呀？」

「那個，那個房子！」

森林中，可以看到魔法博士的洋房。花田用手指著洋房大叫著。

「裡、裡面有老虎，還有天野勇一，還、還有魔法博士。」

聽他這麼說，警察的臉色大變。這可是嚴重的事件，於是警察以嚴肅的表情，詢問花田整件事的始末。

花田斷斷續續的說出昨天發生的事情之後，警察立刻帶著花田回到派出所，打電話向總署報告。花田則請總署電話通知明智偵探事務所的小林少年。

一個小時後，魔法博士的怪屋（令人毛骨悚然的可疑房子）聚集了來自警政署的許多人，而且由十幾名武裝警察包圍了這棟洋房。

其中還包括堪稱敢死隊的五名警察。手持手槍，圍繞著帶路的花田，嚴密的保護他。眾人從怪屋的正門，正大光明的走進去。

裡面則猶如墓場般的寂靜。

「喂！有沒有人在？」

叫了幾聲，都無人回應。

拿著手槍，打開了所有的門，在各個房間進行搜索。然而所有的房間卻空無一物，彷彿是棟空屋似的。

花田在警察的保護下，繼續往前走。走過記憶中的走廊上，拐了幾個彎，終於來到了先前來過的白色房間。

「就是這裡，天野勇一在裡面。」

花田低聲說道。於是五名警察用力踹開門，踏進房內。

「沒有人啊！而且也不是白色的。」

咦！到底發生了什麼事？這裡明明就是之前那個白色的房間呀！為什麼現在什麼都沒有？美麗的白色天花板、牆壁和地毯，怎麼會全都消失了呢？白色的桌子、椅子，也全都不見了。

「關老虎的鐵籠在哪裡？」

警察詢問道。雖然花田覺得害怕，但還是回答。

「在這裡，跟我來。」

花田帶頭走在前面，他還記得那個房間。來到房門前時，這次警察小心翼翼的打開門。

「咦！這裡也是空的，根本沒有什麼關老虎的鐵籠。你是不是在做夢啊？」

花田無言以對，明明就是這個房間呀！為什麼關老虎的鐵籠會不翼而飛呢？

難道花田記錯房間了嗎？一樓的房間全都仔細檢查過，卻沒有看到白色的房間以及擺著關老虎的鐵籠的房間。

「這真的是一樓嗎？不是二樓或地下室嗎？」

「真的是一樓，我們根本沒有爬樓梯。」

花田百思不解。為了謹慎起見，二樓和塔內全都仔細搜查，結果證實的確是棟空屋。

地下室位於廚房下方，那裡以前似乎是用來藏酒的地窖，現在地上還留有一些酒桶。除此之外，毫無可疑之處。敲打地板和牆壁，也沒有發現其他祕密通道。

最後，包圍在屋外的十幾名警察，全都進入屋內，展開地毯式的搜索，結果還是沒有查到任何蛛絲馬跡。

難道花田真的是在做夢嗎？不，絕對不是。在深夜外出的女人，也因為看到花田騎在老虎的背上而到派出所報案，而且警察也看到那輛可疑的汽車開走。難道那名女子和花田一樣都在做夢嗎？不，花田絕對不是在做夢。

後來調查時間，發現從花田被老人迷昏到被警察叫醒，只過了一小時。在短短的一小時中，老虎鐵籠是如何被運走的呢？全白房間的裝潢又是如何被拆掉的呢？這些都不可能是人力所能及的。

這到底是怎麼一回事呢？

難道魔法博士又開始在變大魔術了嗎？

魔法博士將花田帶到怪屋中，但卻沒有監禁他，反而將他放到森林中，這是為了什麼呢？難道他有什麼更邪惡的陰謀嗎？

看到此處，也許聰明的讀者早就識破了他的手法，也許你們已經知道魔法博士大魔術的謎底了。

可怕的齒痕

在令人費解的怪事件，發生後的第二天，千代田區的明智偵探事務所的一間房間裡，躺在床上靜養的明智偵探，和在一旁照顧的助手小林正熱烈的討論著事情。

明智偵探臥病在床已經好長一段時間了，今天似乎病情稍有起色，於是把小林叫到床邊，這已經是好久不曾有的事情了。小林因為怕會影響老師的病情，所以並未將前幾天發生的事情告訴他。今天因為老師主動詢問，而且也擔心接下來可能還會發生什麼可怕的事，於是小林才將魔法博士所有的事全盤托出。

「老師，那傢伙似乎是以我們所有的人為目標。不只是花田，石川、田村和我，都是他的目標。」

「嗯，可能是吧！他到底有什麼企圖呢？」

明智偵探臉色蒼白，鬍渣未理，頭髮散亂，只有眼睛，彷彿還能看透人心似的炯炯有神。

「後來又發生可怕的事情。在我們屋後軟泥土的地上，出現大型怪獸般的足跡，這證明了那傢伙昨天晚上進入了圍牆內。」

「大型怪獸？」

「老虎呀！有五個比貓的足跡大上十倍的腳印。基岳看到之後，嚇得臉色慘白，全身發抖呢！」

基岳是明智家僱用的傭人。

「越過圍牆進來？」

「是的。那傢伙好像無所不能，一定是魔法博士的老虎。不只如此，後門側面的柱子上，還留下可怕的傷痕。和天野勇一家後院松樹上留下的痕跡，以及八幡神社社殿柱子上遺留的痕跡完全一樣，全都是老虎的齒痕。」

「魔法博士的老虎，大剌剌地漫步在東京市的街道上，竟然沒有任何人發現？」

明智偵探嘴角揚起淡淡的微笑。

「老師，那傢伙並不只是昨天晚上來過這裡，他還出現在石川家和田村家。他們兩人的家裡都出現相同的齒痕和腳印。不久之前，他們才

來通知我這件事情呢！老師，我們該怎麼辦才好？」

「警政署的中村組長知道這件事嗎？」

「已經打電話通知過他了。他說今晚會派人看守石川和田村的家。但是，那傢伙會變魔術，光是派人巡邏，實在很難讓人安心。」

「噢！會變魔術，的確是可怕的傢伙。這種犯罪手法，在其他國家都是史無前例的事情。」

「老師，我看過那傢伙在舞台上表演的黑魔術，但是接下來的表演我就無法理解了。從那棟紅色的洋房中，要把天野勇一、白色的裝潢、扮成聖誕老公公的老人，以及關著老虎的鐵籠在一小時內移走，一般人根本做不到。老師，如果運用魔術，真的可以辦到嗎？」

「當然也不是不可能的，但是，魔術一定有它的方法。能夠學會這種手法，我真的很佩服。」

「咦！那麼老師你應該已經知道為什麼勇一會憑空消失了吧！」

「嗯！我大概可以推測出來。不久之後，你就會知道。等到時機成熟，你自然就會明白的。現在只是還沒發現某些蛛絲馬跡而已，其中有一些破綻。」

明智偵探微微笑著對小林招手。「靠近一點」小林知道他的意思，於是將蘋果臉靠向躺在床上的明智的臉。明智附在他耳邊低聲說了幾句話。

聽完之後，小林瞪大眼睛，頓時臉色大變。

「咦！老師，這是真的嗎？」

「嗯！我想應該是。不過，這件事暫時不可以告訴任何人，絕對不能讓警察或少年偵探團的人知道。這是你和我之間的祕密唷！」

老師和弟子就這樣互相的對看著，彷彿彼此是用眼神在交談似的。

明智的嘴角又揚起微微的笑意，小林的臉頰則恢復紅潤，散發光彩。

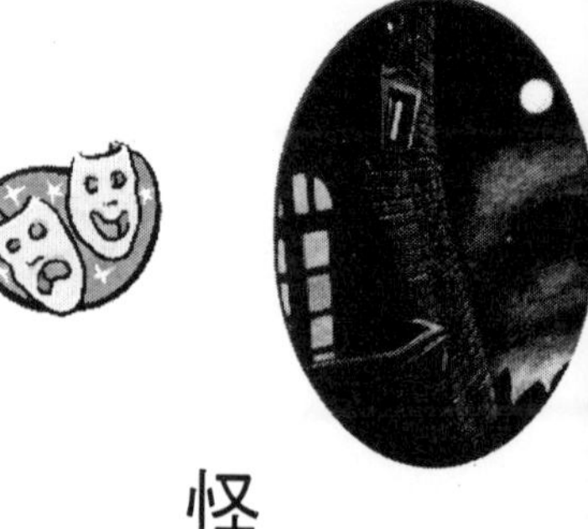

怪老人

這天下午，小林有事準備外出。來到偵探事務所旁的水泥牆處，看到一群小孩圍著拉洋片的人。

拉洋片的人穿著骯髒的服裝，戴著破的軟帽，是個鼻粱上架著寬邊賽璐珞大眼鏡（美國喜劇演員哈洛德·洛德所愛用）的老爺爺。頭髮垂到胸前，鬍鬚斑白。

老爺爺一邊抖動長鬍鬚，一邊說著洋片的故事。

「瞧！這是魔法博士的魔法虎。你們看，發亮的雙眼，銳利的牙齒，只要這隻猛虎一張嘴，就可以把少年偵探團的那些小傢伙吞到肚子裡去呢！」

小林驚愕的停下腳步，為什麼這個奇怪的拉洋片的人，會讓孩子們看魔法博士的事件呢？

這個事件被媒體大肆報導後，會這麼快就成為洋片故事裡的主角也不足為奇，但是……小林還是覺得很奇怪。

再仔細聽下去，魔法博士的事陸陸續續被轉述出來。更不可思議的是，這個搖搖晃晃的怪老人，還批露了一些連媒體都不知道的細節。

「瞧！少年偵探團的小林團長，慌慌張張的夾著尾巴逃走了。哇哈哈哈……雖然是明智小五郎的助手，可是卻發揮不了什麼作用。」

小林嚇了一跳，藏匿在孩子們的背後，不想讓老人發現到自己。

這個老人絕對不是普通拉洋片的人，行跡相當可疑，可能是魔法博士的手下。

「好，我就跟蹤這個傢伙。」

小林下定決心。

故事說完之後，老人收起全部的畫紙，放進一塊骯髒的布中。從口

袋裡掏出一張百圓鈔票（相當於現在的兩千日幣），交給蹲在汽車旁的年輕男子。

「喔！謝謝你，這是謝禮，下次我還想再玩。我可是很擅長拉洋片噢！只要不拉洋片，就覺得渾身不對勁。哈哈哈……再見了。」

老人將包袱夾在腋下，用不自然的走路方式，一拐一拐的走向對面。原來先前收下一百圓的年輕男子，才是真正拉洋片的人，而老人只不過是借用他的道具，將自己帶來的畫紙擺在上面，說故事給孩子們聽而已。這個傢伙實在太奇怪了，小林立刻尾隨在他身後。

啊，危險！怪老人是不是對小林心懷不軌，才會故意在明智偵探事務所前玩起拉洋片的遊戲呢？如果繼續跟蹤他，不正是落入敵人設下的圈套嗎？

然而小林根本無暇思考，一心只想知道那傢伙在玩什麼把戲。他認為，只要跟蹤這個老人，就可以知道魔法博士的祕密。

老人不斷的朝著僻靜的街道走去，頭也不回，蹣跚的走著。小林則始終和老人保持約五十步的距離，以免被發現。

約莫走了十分鐘，來到一個寂靜的廣場。對面停了一輛汽車，沒有任何行人通過此處。就在這時，老人的腳步突然放慢，使得兩人之間的距離縮短。咦，奇怪！正當小林這麼想時，不自覺停下腳步。不料老人也跟著停止前進，回頭看他。

「嘿嘿嘿……小林，為什麼距離我這麼遠呢？過來，我們一起走啊！你不是想知道我要去哪裡嗎？」

小林楞在原地。老人高舉右手，做了一些動作。這時，原本停在對面的汽車開動，以飛快的速度開到小林的身旁。

兩名男子迅速跳下駕駛座。

已經來不及逃脫，霎那間，小林被他們抓住左右手，不由分說的塞進車內。隨即手腳被綑綁，嘴巴被東西堵住，眼睛則被蒙住。

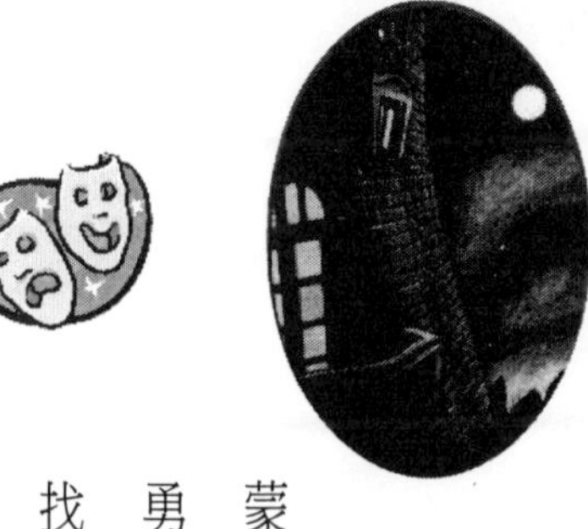

小林就這樣倒臥在汽車的椅墊上。與其說害怕，不如說是高興。被蒙住眼睛，就表示他要被帶到魔法博士的藏身處，也許還可以看到天野勇一。如果順利，或許能夠救他脫困。到時候，不用假警察的手，就能找出魔法博士的祕密，又是大功一件。思及此，小林非但不覺得害怕，反而異常興奮。

老人坐在小林旁邊，對駕駛說了兩、三句類似暗號的話之後，汽車就全速奔馳而去。

可怕之謎

「嘿！你等很久了吧？」

坐在車內，聽到老人的聲音。堵在嘴巴裡的東西被拿掉，蒙著眼睛的布也被取下，兩名男子抓住他的雙手，逼他走下汽車。眼前矗立著魔法博士的紅色洋房。真的是在這裡嗎?先前警察搜了好多次,但什麼都沒有發現的空屋,難道魔法博士又回到這裡來了嗎?

兩名男子和老人帶著他走進玄關,在走廊拐了幾個彎,來到一個天花板非常低的地方,看到一扇堅固的木板門。怪老人打開門,將小林推了進去。

是個彷彿監牢一般,讓人覺得渾身不對勁的房間。室內是寬約四公尺的正方形。牆上有個裝有鐵條的小窗子,地上沒有鋪板子,四面牆則用水泥砌成,而且可以看到紅色磚瓦的痕跡。沒有任何裝飾品,就好像洞穴一樣。

「喂!你就待在這裡,等一下我會送吃的過來。吃完之後,你就好好休息,一切等到明天再說。我有很多你想看的東西。」

老人說完就離開房間。

房間的角落擺著一張簡陋的木床,上面鋪著毛毯,除此之外,沒有

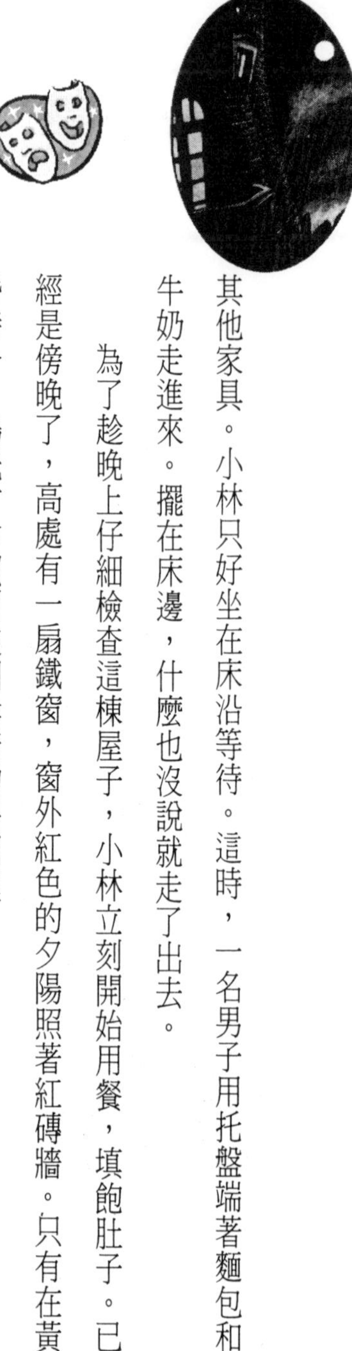

其他家具。小林只好坐在床沿等待。這時，一名男子用托盤端著麵包和牛奶走進來。擺在床邊，什麼也沒說就走了出去。

為了趁晚上仔細檢查這棟屋子，小林立刻開始用餐，填飽肚子。已經是傍晚了，高處有一扇鐵窗，窗外紅色的夕陽照著紅磚牆。只有在黃昏時分，陽光才會照到這個陰暗的房間裡。

不久之後，天花板的小電燈泡亮了起來，朦朧的照亮著整個房間。兩小時又過去了，這段時間實在很無聊，根本就沒有任何人進來。走廊及遠處的房間完全沒有聲響或說話聲，猶如墳場般的寂靜。

入口的門似乎沒有上鎖，可以隨意進出。原本打算等到大家就寢之後再行動，看來現在不必這麼謹慎了。於是小林走到門邊，豎耳傾聽，悄悄的轉動門把。

果然沒有上鎖！輕輕的推了一下，結果厚重的木板門無聲無息的就被推開了……啊，不行，有人在那裡……小林將門推開十公分的距離，從門縫往外窺伺。原本一片漆黑的走廊，依稀可以看到奇怪的東西蹲在那裡。

對方有一雙較人類大五倍的眼睛，在黑暗中，迸射藍光。原來是一隻老虎。看似兇狠的猛虎，彷彿衛兵似的坐在門外。

小林嚇了一跳，趕緊關上門。雖然看到駭人的景象，但是，小林還是很勇敢，再度把門打開，往外看。老虎慢吞吞的站起來，瞪著這邊，在走廊上走動。原以為牠要走到其他的地方，不料卻不是如此，牠又走了回來。在小林房間前，來回走著，監視著他。

小林又是一驚，立刻飛快的關上門，從裡面上鎖。退回床前，坐在床上思考。老虎可能整晚都會在走廊上徘徊，那麼，他就無法趁著半夜偷溜出去調查這棟房子。可是，現在要擔心的可不是這個問題，而是萬一老虎破門而入……想到此處，害怕不已。

坐在床上的小林，豎耳聆聽，怯懦的瞪著木門。

接下來，什麼事都沒有發生。不久之後，走廊出現一些聲響，似乎有人在轉動門把。

小林嚇了一跳，立刻跳下床，蓄勢待發。是不是老虎在轉動門把吧？負責監視的老虎，難道會像人一樣轉動門把嗎？但是，也不能確定牠不會這麼做。

一想到被老虎撲殺的危急時刻，小林不由得臉色蒼白，心跳加快，全身冷汗直流。

這時，門被打開，門縫愈來愈大。

不知道猛虎何時會衝進來，小林的恐懼不斷的擴大。可是探出頭來的，不是老虎，而是那個奇怪的白鬍子老人。

老人進來之後，關上門，走到床邊，手上托著銀盤。

「喂！你覺得很無聊嗎？我拿了橘子汁來，喝完之後，好好的睡一覺吧！明天還有很多讓你大開眼界的事情在等著你。」

因為之前太過害怕，小林頓時覺得口乾舌燥，毫不猶豫的接過杯子，咕嚕咕嚕一口氣喝光飲料。

「很好、很好，看來你今晚應該可以睡得很好，趕緊上床吧！」

「老爺爺，這個房間的門不上鎖嗎？」

當小林詢問時，老人咯咯的笑了起來。

「你很怕老虎嗎？就算是少年名偵探，應該也很怕老虎。其實你不必害怕，牠只是衛兵，會守自己的本份，不會輕舉妄動。只要你不逃走，牠就不會攻擊你。趕快睡吧！」

老人催促著他，小林只好上床。不知怎麼的，突然升起一股濃濃的睡意，老人的話彷彿搖籃曲似的，小林很快的就進入了夢鄉。

後來，不知過了多久，小林從深沉的睡眠中清醒過來。睜開眼睛一看，室內充滿陽光。

紅磚牆、木頭床、水泥地及厚重的木板門，環顧四周，突然想起昨晚發生的事。

「啊，我已經是魔法博士的俘虜。現在是幾點啊？」

看看手錶，已經將近早上六點。

躺在床上的小林，可以看到高高的窗戶照進來的陽光。

「昨天傍晚來到這個房間時，夕陽也是這樣照進來的……。」

想到此處，小林嚇了一跳，再看看手錶。

「咦，難道現在是傍晚六點嗎？我已經睡了二十個小時嗎？」

原以為是早上，可是卻有陽光從窗戶照進來，和昨天黃昏的光景一模一樣。因此，現在不可能是清晨，應該是黃昏。

不斷思考的小林，突然想到什麼似的，愈來愈困惑。

「如果是傍晚，照在牆上的陽光，應該會慢慢往上移。但是，將先前看到的陽光和現在看到的相比較，光線似乎是慢慢往下移。也就是太陽是逐漸往上爬的，所以影子才會往下。那麼現在的光，應該是清晨的

光才對。」

小林開始思索著困難的數學問題。從昨天傍晚映照夕陽的窗戶，到今天早上映照朝陽的窗戶，其中似乎有什麼怪異之處。任憑小林絞盡腦汁，還是解不開其中的疑點。

唯一能夠想到的是，這棟洋房好像旋轉舞台似的，僅僅一晚就轉了一圈。

就在思考的同時，太陽爬升的速度極快，照著牆上的光線，慢慢的落在水泥地上，再緩緩的接近房間的正中央。先前的猶豫立刻消失，從窗外射入的，的確是清晨的陽光。現在是早上。

此時，不斷思索的小林，眼睛突然一亮。

「啊！也許是這樣。嗯！這真是出人意料之外的想法。」

小林喃喃自語著。

「明智老師所說的魔術手法，看來就是這樣。實在太令人驚訝了，那傢伙根本不是人。這個會變魔術的傢伙，一定是從地獄來的妖怪。如果不是，怎麼能夠使出這種手法。」

小林似乎察覺到什麼事情，面露吃驚的神情。

就在這時，門把又開始轉動，有人打開門。昨天晚上的白鬍子老人，笑吟吟的走了進來。

偷人賊

「怎麼樣，昨晚睡得很好吧？」

怪老人走近小林的床邊，對他說道。小林並沒有回答，只是表情嚴峻的瞪著老人。

「哇嘿嘿嘿，你的表情好可怕啊！小林，你瞪著我也沒用，不如高高興興的。你不是一直想見天野勇一嗎？嘿嘿嘿，我就讓你去見他。你

也很想看看他吧！跟我來，我現在就帶你去見勇一。」

小林默默的走下床，跟在老人的身後。昨天在走廊上看守的老虎，已經不知去向，不見蹤影。

在走廊上拐了幾個彎，打開一扇大門時，眼前啪的亮了起來。映入眼簾的，是一間白色美麗的房間，猶如糖果屋般的夢幻。在白色桌前，有位彷彿西方的王子，身穿華麗服飾的少年坐在那兒。

「你看，勇一就在那裡，你們兩人好好聊聊吧！」

「啊！芳雄。」

勇一驚訝的站了起來，叫著小林的名字。小林也叫了「勇一」，往他那兒跑去。

「喂！不要站著，兩人都到那邊去坐下，待會兒有人會端來美味的大餐。」

怪老人說著就離開房間。不久之後，兩名穿著華麗禮服的年輕人，捧著放有西餐的大托盤走進來。他們將擺滿美食的托盤放在桌上，恭謹的行禮之後就離開房間。

「勇一，你每天都吃這些大餐嗎？」

「嗯！不是每次都這麼多啦！雖然我沒事，可是我很擔心爸爸和媽媽……」

「不要怕，現在我既然來到這裡，就一定會救你出去的。」

就在兩人交談時，叩叩的聽到腳步聲，有人走了進來。少年們回頭一看，竟然是那個披著黑色披風的魔法博士。令人覺得渾身不舒服的黃黑相間的長頭髮，披在身後。鏡片後方是瞇成一條線的眼睛。如猛虎般的鬍鬚，鮮紅的嘴唇。令人無法忘懷的魔法博士，終於現身了。

「哇哈哈哈，你們在商量什麼陰謀？不行、不行，即使你們絞盡腦汁，也無法離開這裡。還是乖乖聽我的吩咐，成為魔法國的人民，成為我的弟子吧！」

魔法博士說著，走到桌前，坐在椅子上。

「你綁架我們，到底有什麼企圖？」

小林瞪著魔法博士，生氣的問道。

「讓你們穿漂亮的衣服，吃美味的大餐呀！你們可是我的家臣。我是魔法國的國王，而你們就是魔法國的人民。」

「你是不是想要我們幫你做壞事？」

「嘿嘿嘿，話說得真難聽。不久你們就會知道了。我的家臣可不只有你們兩個，我還想多抓幾個家臣。到時候，大人們也會來噢！」

魔法博士瞇著眼睛，不懷好意的嗤笑著。

「把勇一先帶到這裡，就是為了吸引小林過來。既然現在小林在這裡，那麼接下來就要利用你來釣大魚。明白了嗎？」

「你是說明智老師嗎？」

小林嚇了一跳，詢問道。

「哇哈哈哈，猜對了。我希望明智小五郎也成為魔法國的人民、我的家臣。只要我抓住小林，明智就會迫不及待的來救你。謎底已經揭曉了。聽說明智臥病在床，那麼我就去拜訪他好了。」

雖然是用拜訪的字眼，但實際上卻是要去綁架明智偵探的意思。魔法博士到底有什麼企圖？

「哇哈哈哈，怎麼樣，少年偵探？世上有很多的賊，而我卻是個偷人賊。我偷走了勇一，偷走了小林，接著就要去偷名聞天下的名偵探明智小五郎。讓他成為魔法國的人民，成為我的家臣。想到這裡，我就興奮得不得了。」

魔法博士，依然不斷的抖動著他那如蝙蝠翅膀般的黑色披風，高興得哈哈大笑。

橡皮筋

用完餐後，小林又被帶離勇一少年的身邊，再次回到如牢籠一般的房間裡，而且門上了鎖。

知道魔法博士要去綁架明智偵探，小林擔心不已，急得想要通知明智老師，但是，卻無法逃離這個房間。不只門被上了鎖，門外還有老虎在看守著。

「只要你想逃，就會被老虎叼走。如果還要活命，就不要妄想逃走。」

在關住小林時，魔法博士警告他。

一想到臥病在床的明智老師會被綁架，小林不禁焦急如焚。一定要趕快通知他，可是應該怎麼做才好？根本就辦不到嘛！但事情已經迫在眉睫，辦不到也要辦到。

小林坐在房間角落的木床上，手臂交疊，不斷的思考著。

「哎呀，一定要趕快想出解決的辦法。你不是少年名偵探嗎？現在正需要你的智慧呢！」

小林自言自語的說道。以前在被歹徒擒住時，曾利用書包裡的傳信鴿，從被關著的房間的窗子裡，將鴿子放出去，取得聯絡（參閱第二集『少年偵探團』），可是這次什麼都沒有準備。

「對了，還是先查看一下四周的情況吧！」

小林不知道想到什麼似的，突然說著。從床上站起來，用雙手將木床拖到高處有鐵棒嵌著的窗戶下方。

又將床的一側抵住牆，再使勁的將床往上推，使其豎立著，將它當成梯子。

小林爬到木床做成的梯子頂上，臉正好可以看到外面。於是他抓住鐵窗，向外窺探。

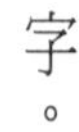

在三十公尺遠的地方有高的磚牆，外面沒有其他建築物。也許是一片空地。仔細聆聽，牆外傳來孩子們的嘻戲聲，似乎是在打棒球。

如果朝窗外大聲呼喊，也許孩子們可以聽見，但是，魔法博士可能會比孩子們先聽到，到時候不知會遇到什麼悲慘的下場。

這時，小林靈機一動。

他爬下木床，從口袋裡掏出筆記本，打開筆記本，用鋼筆在裡面寫字。

將小林被困在魔法博士家、魔法博士想偷襲明智，以及這裡有老虎等事情，用很小的字詳細的記下來。再將紙撕下來，摺成四摺。外側寫著「請立刻將這張紙送到明智偵探事務所，這是事關人命的緊急事件。到時候將奉送謝禮」，並寫下事務所詳細的地址及路線圖。

然後摸了摸褲子口袋，取出兩枚閃耀銀色光輝，如銀幣般的東西，和昔日五十錢銀幣大小相當（和現今五百圓硬幣一樣大，價值約一千圓日幣），原來是少年偵探團的ＢＤ徽章。

接著小林開始做奇怪的事情。他脫下兩隻襪子，從口袋裡取出小刀，割掉襪子上方的線，取出裡面的橡皮筋。

平常為避免毛襪往下滑，所以小林會用橡皮筋固定襪子。橡皮筋很粗，他從兩邊的襪子口取下橡皮筋，用刀子割開襪子，抽出兩公尺長的毛線，再將毛線截成四條。一切準備就緒。

小林將寫著信的筆記本的紙，夾在兩枚銀色徽章之間，用一條毛線將它綁緊。接下來用另一條毛線，將兩條橡皮筋連起來，做成一條長長的橡皮筋。

夾著信的徽章、橡皮筋，以及剩下的兩條毛線，小林拿著這些東西，爬上木床梯。橡皮筋的一端用毛線緊緊的繫在窗戶的鐵棒上，另一端則用剩下的毛線繫在另一根鐵棒上。

各位讀者應該已經知道小林的用意了吧！是的，他製作了橡皮筋小

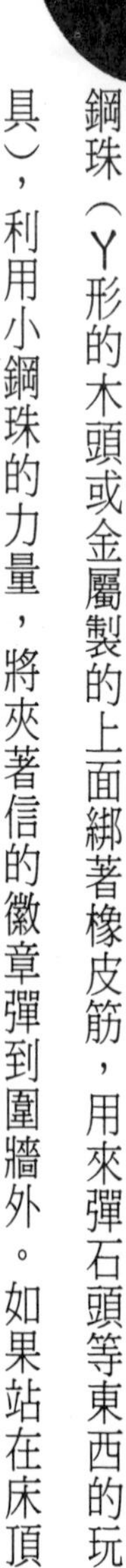
鋼珠（Y形的木頭或金屬製的上面綁著橡皮筋，用來彈石頭等東西的玩具），利用小鋼珠的力量，將夾著信的徽章彈到圍牆外。如果站在床頂用手扔，可能會重心不穩，無法扔得很遠。而橡皮筋小鋼珠和徒手扔相比，距離至少遠上一倍。不愧是少年偵探，果然聰明絕頂。

小林用徽章抵住橡皮筋，使勁往後拉，目標對準空中，接著啪的鬆開手指。藉著橡皮筋的彈力，徽章飛向空中，畫出銀色的拋物線，落到圍牆外。

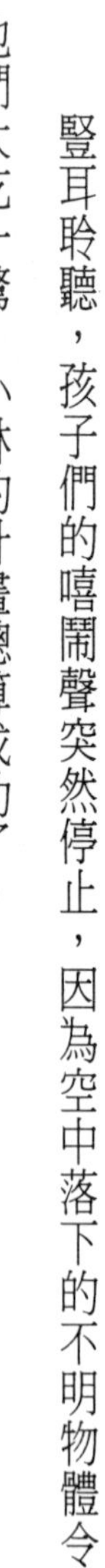
豎耳聆聽，孩子們的嘻鬧聲突然停止，因為空中落下的不明物體令他們大吃一驚。小林的計畫總算成功了。

現在應該有孩子撿起徽章，解開線，打開筆記本紙，正在看裡面的內容。小林安心的呼了一口氣，爬下木床梯。

名偵探的危難

小林彈出徽章的這天下午三點，一名少年來到明智偵探事務所。被帶到屋內不久之後，這名少年似乎很高興的笑著離去。可能是送來小林的信，得到很多謝禮吧！

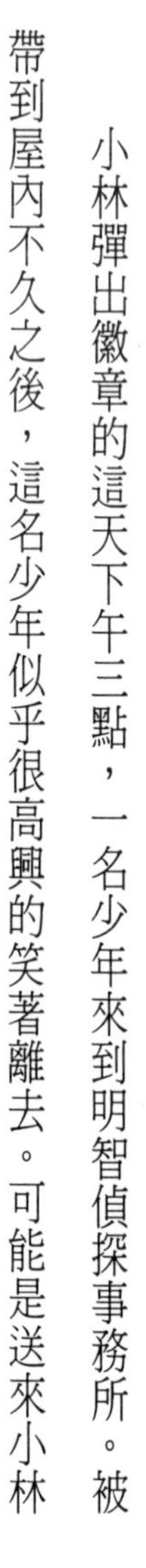

這天晚上八點，偵探事務所門口停了一輛汽車，三名警察走下車。一名是警部（警察職級之一，地位次於「警政」），另外兩名是巡查。

當傭人出來時，警部說道：

「我是警政署的島田警部，請把這個交給明智先生。」

遞過一張名片。

臥病在床的明智偵探看著傭人拿來的名片，原來是一向和他感情不錯的中村組長的名片。上面寫著「我因為有事不能過去，由島田警部代替我。島田會告訴你詳細的情形」。

「請轉告他，我必須躺在床上見他，真的很抱歉。帶他到這個房間來。」

聽到明智這麼說，傭人回到玄關。不久之後，帶著三名警官進入房內。

「初次見面，久仰大名。在你生病時前來打擾，實在很失禮。我是島田。」

警部很有禮貌的打招呼，坐在明智床前的椅子上。

另外兩名巡查向明智鞠躬。但是當傭人離去時，不知道為什麼，他們兩人也跟在身後，好像走到其他的房間去。

「小林還沒回來嗎？我已經佈署妥當，但是，還沒有接到任何的報告。關於這一點，我想請教你的看法。」

島田警部戴著大的塑膠框眼鏡，蓄著短短的鬍子，年約四十歲。說

話時，眼睛炯炯有神。

「聽說你們已經調查過魔法博士在世田谷的洋房。」

明智躺在床上，用有氣無力的聲音詢問。

「是的。可是那裡空無一人，好像廢棄的空屋一樣。那傢伙一定已經逃走了。」

「也許吧！那麼他現在躲在哪裡，沒有任何的線索嗎？」

「嗯！到目前一點線索也沒有。魔法博士的確是個可怕的人物。」

警部嘆了一口氣，說道。

各位讀者是否覺得這番談話很奇怪呢？既然明智已經接到小林的信，卻一個字也不提，難道先前來訪的少年不是拿著筆記本紙來嗎？不，應該不是。明智這麼做，其中一定有什麼理由。

島田一直說著一些無關緊要的話，並未說明自己前來的目的。

後來，消失在房內的巡查們又回來了。用眼神對島田警部示意。

這時，警部的態度突然為之一變。原本恭謹的態度，變得威風凜凜。鏡片後的雙眼，閃耀著光芒。

「明智先生，雖然你現在臥病在床，但我是來接你的。辛苦你了。」

「咦！要帶我到哪兒去？」

「到世田谷的怪屋，有東西想讓先生看。」

「但你剛才不是說世田谷的洋房空無一物嗎？那麼，我到那裡去也沒用啊！」

「不，我還是得帶你走一趟，所以才特地前來拜訪。」

「我不去，沒有去的必要。」

「先生，你現在說什麼都沒用。我們這裡有三個人，你只有一個人，還是個病人，根本無力抵抗。而且你的妻子和傭人已經被我的兩個手下擒住，無法呼救，也動彈不得。現在沒有人救得了你。」

聽到他這麼說，明智驚訝的從床上坐起身來。

「你是誰？難道中村的名片是假的嗎？」

「當然，如果沒有那個東西，你怎麼可能讓我進來呢？」

「哇！我知道了，你就是魔法博士。」

「哇嘿嘿嘿，沒錯。我魔法博士本人親自來接大名鼎鼎的名偵探明智先生。」

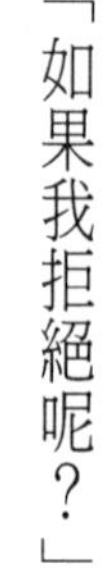

「如果我拒絕呢？」

「我就是要這麼做。」

假扮成警部的魔法博士，撲向坐在床上的明智。一隻手勒住明智的喉嚨，另一隻手則伸進褲子的口袋裡。

生病的明智當然毫無反抗之力，因為呼吸困難，不斷的掙扎著。

魔法博士從口袋裡取出像大手帕似的布，摀住了明智的口鼻。

原本奮力掙扎的明智，身體瞬間喪失力氣，攤軟的倒了下來。

「哈哈哈，名偵探也不過如此嘛！喂！你們把這個傢伙用床單裹起來運走，不要驚擾到附近的人，動作快。」

假扮成巡查的兩名手下，用床單裹住暈倒的明智的身體，綑成一宗大行李似的，直接運到停在門口的汽車內。扮成島田警部的魔法博士跟在身後，鎖上入口的門後，跳上汽車的駕駛座。

汽車往前行駛，彎過街角，朝黑暗中奔馳而去。

名偵探明智小五郎與怪人魔法博士的戰鬥，很快就結束了。小林的苦心似乎瞬間化成泡影。

但是，即使明智有病在身，也不可能如此軟弱無力。難道他有什麼企圖，所以故意落入敵人的陷阱，假裝被擄走呢？

魔法鏡

明智偵探被綁走的這天晚上，被困在怪屋裡的小林，身邊又發生了

奇怪的事情。

這天晚上，在那個像牢籠般的房間裡，用過晚餐後，小林又被帶到華麗的房間裡。並不是魔法博士，而是穿著服務生衣服的男子帶他去的，並對他說道。

「你就暫時在這裡休息，有趣的事情快要開始囉！」

說完，笑呵呵的離開，同時從外面將門上鎖。

小林坐在寬敞的扶手椅上，環顧周遭的一切。真是個美侖美奐的房間，就好像外國電影裡的貴族住宅一樣。奇怪的是，四面牆上嵌著大大小小各種的鏡子，彷彿置身在鏡屋似的。

天花板懸掛著如鈴蘭般花典雅的吊燈，照得四面的鏡子閃閃發亮，彷彿進入嵌著寶石的房間一樣。

先前穿著服務生的衣服帶小林進來的男子曾說「有趣的事情快要開始囉」，到底是什麼意思？到底會發生什麼有趣的事情呢？

室內寂靜無聲，反而讓人覺得害怕。那隻可怕的老虎不知道在哪裡？也許牠現在就在門口，瞪大眼睛，來回踩步。就在這時，小林突然聽到叩咚、叩咚的聲響，循聲看過去，卻什麼也沒看到。只見牆上的大鏡子依舊閃閃發亮。

不一會兒，又聽到叩咚、叩咚的聲響，似乎是從牆上那面大鏡子傳出來的。

小林站起來，走到鏡子前面。背對著吊燈的光，小林的身影在鏡子裡看起來很大。

就在他凝視著自己的身影時，怪事發生了。在鏡中的小林的身影突然消失不見了。

小林嚇了一跳，仔細一看，鏡中竟然出現其他少年的身影，而自己的身影卻不見了。而且不只一個人，而是三名少年並肩站在裡面。

小林不禁「啊」的叫了起來。原來他們不是別人，正是小林的朋友，

也就是花田、石川和田村，是各位讀者所熟悉的少年偵探團的幹部。

為什麼這三名少年會出現在大鏡子裡呢？為什麼小林的身影會從鏡子裡消失呢？可能是照著三名少年的光，比吊燈更亮吧！就好像是從面前的玻璃窗，觀看對面明亮的房間似的。這並不是電影或電視，在距離五公尺遠的地方，確實站著三名少年。

小林突然想起什麼事。他記得在科學博物館曾經看過這種鏡子。不過，不像眼前的這麼大，而是只能夠容納臉的小鏡子。把牆打掉，嵌上玻璃，則不管是從哪一個方向來看，就像是普通的鏡子一樣。當鏡子這邊的房間關燈，另一邊的房間開燈時，透過玻璃，原先映在鏡子裡的自己的臉就會消失，而能夠看清對面房間的情況。

小林心想，眼前的鏡子應該就是利用這個原理，所以他看得見三名少年，而他們卻看不見自己。如果他們也能夠看得見自己的話，那麼應該會出現驚訝的表情，但是他們卻無動於衷。

對面的房間沒有任何裝飾品，就像牢籠似的。三名少年不知道什麼時候被抓到這裡來，而且還被魔法博士監禁。

小林是被拉洋片的老爺爺所吸引，中了他的計，才會被帶到這裡。也許其他三人是被更可怕的計策抓到這裡來的。

雖然想叫他們，但是隔著厚厚的玻璃窗，聲音根本傳不過去。他們當然也不知道小林團長就在對面。

就在這時，鏡子的另一端出現黃黑相間的東西，是個令人不寒而慄的東西。

原來是老虎的頭，金色的眼睛正瞪著少年們。當然不只是頭，肩膀、腳等，全都看得到。猛虎現身了。

小林屏氣凝神，動彈不得。

老虎走向三名少年，張開血盆大口，彷彿要飛撲過去似的。

突然眼前一暗，三名少年及兇惡的老虎，全都消失在小林的眼前。

前面又變成普通的鏡子，上面只映出小林自己那張蒼白的臉。感覺好像做了一場惡夢。難道小林中了魔法博士可怕的催眠術，看到一些根本就不存在的景象嗎？不，應該不是。三名少年的確在鏡子的另一側，而且還有一隻猛虎走進他們的房間裡。

啊！後來到底發生什麼事？難道他們已經被猛虎吃掉了嗎？

心急如焚的小林，無法冷眼旁觀，很想打破玻璃，衝進對面的房間裡。然而四周沒有武器，也沒有和猛虎決戰的勇氣。就算想要破門向外求救，整棟洋房也沒有人可以幫助他。

正當小林苦無對策時，不知何處又傳來叩咚、叩咚的聲響。他立刻環視整個房間，跑到鏡子的前面，因為奇怪的聲音就是從那裡傳來的。

正當小林跑過去時，玻璃又改變了。映照出來的不是自己的臉，而是對面明亮的房間。

出現在眼前的，和小林待的這個房間一樣的華麗。不同的是，對面似乎是一間寢室，正中央擺著一張大床。

床的正前方是一扇門，這時，門被打開，走進來一名警察。

「咦！警察來救我們了嗎？」雖然小林想出聲叫他，但是他知道對方根本聽不見。

在警察的後方，又出現另一名警察。兩人似乎搬著一個用毛毯裹住的東西走進房間裡。

兩名警察將它放到床上，打開毛毯，原來被裹住的東西是一個人，而且好像是一個已經死掉的人。

看到這裡，小林吃驚的「啊」的叫了出來。因為那個看起來好像死掉的人不是別人，正是明智老師。難道明智老師被殺了嗎？

明智老師依然穿著睡衣，被毛毯裹住，躺在床上。兩名警察走出房間，把門鎖上。

「難道老師被他們殺死了嗎？不，不可能。他的胸部還在微微的起伏。啊！一定是被麻醉藥迷昏了。」

小林的思緒飛快的轉動，想到此處，雖然稍微放心，但是卻不能立刻跑到老師的身邊去。無法告訴他自己在這裡，覺得十分懊惱。

「為什麼警察會把老師帶到這裡來呢？難道警察是魔法博士的同夥嗎？啊！我明白了。一定是魔法博士的手下假扮警察，藉此鬆懈老師的戒心，這樣才抓得到他。」

小林得知這又是魔法博士的詭計後，雖然想救明智老師脫困，卻不知道該如何是好，遲遲沒有好的對策。

就在這時，室內昏黃的燈光突然亮了起來。原本微亮的光線，瞬間變得極為炫目。同時，明智老師所待的房間，漸漸變得模糊，接著就看不到了。

「哇哈哈……怎麼樣啊，小林？」

突然聽到的聲音令小林嚇了一跳。

小林環視整個房間，卻沒有看見任何人，聲音好像是從空氣中傳來的。

名偵探的幽靈

鏡子裡映出的場面轉到魔法博士的房間。

和小林被關的房間一樣，是個相當華麗的房間，正中央擺著一張大桌子。而像蝙蝠般披著披風的魔法博士，就坐在桌前的椅子上。

「哇哈哈哈……怎麼樣啊，小林？」

博士對著白桌上的小麥克風說話，聲音傳到嵌在小林房間天花板上的擴音器裡。

博士房間四周的牆壁上，同樣嵌著許多大大小小的鏡子。博士右邊

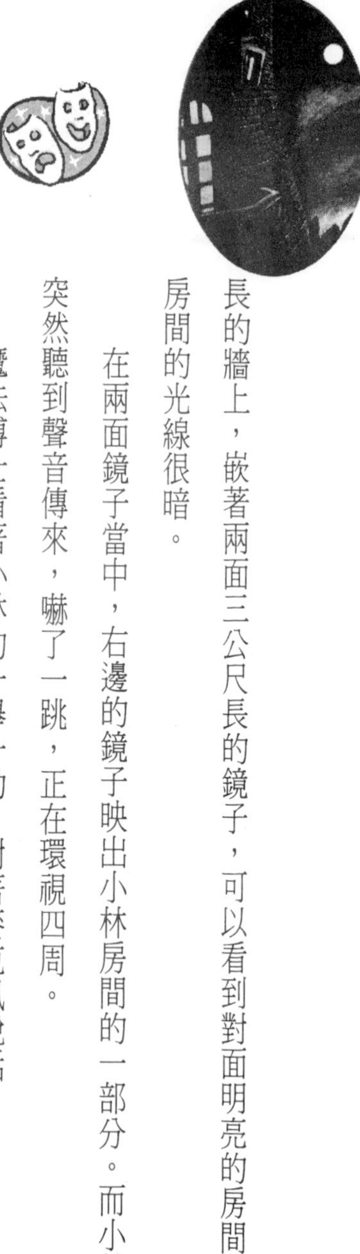

長的牆上，嵌著兩面三公尺長的鏡子，可以看到對面明亮的房間。博士房間的光線很暗。

在兩面鏡子當中，右邊的鏡子映出小林房間的一部分。而小林因為突然聽到聲音傳來，嚇了一跳，正在環視四周。

魔法博士看著小林的一舉一動，對著麥克風說話。

「怎麼樣，小林？你現在明白魔法博士的企圖了吧！就像先前你看到的，我已經將你三個朋友，以及你最尊敬的明智老師都抓來了。哈哈哈……你一定很驚訝吧！但是現在驚訝，未免言之過早。我的大魔術就要登場囉！」

博士說完，切換麥克風的開關。

這時，對著左邊鏡子裡的人物說話。

「哈哈哈……明智先生，你應該醒了吧！嚇了一跳嗎？你知道這裡是哪裡嗎？這裡就是你們稱為魔法博士怪屋的地方。」

左邊的鏡子裡，明智偵探從床上坐起身，不可思議的看著房內的一切。

「明智先生，雖然你看不到我，但是你應該知道我就是魔法博士。終於把你拐騙來了，真是太痛快了。為什麼我會說拐騙呢？現在你好好的聽我說明吧！你就仔細聽聽我的來歷。

在此我要先告訴你，你一輩子都不可能走出這裡。你會成為我的俘虜、我的家臣。不只是你，你的助手小林，也被關在另一個房間裡，小林的朋友更是受到嚴密的監視。你現在已經插翅難飛了，明白了吧！哇哈哈哈……」

坐在椅子上的魔法博士，得意洋洋的放聲大笑。

然而就在魔法博士笑聲停住時，發生了奇怪的事情。突然有其他的笑聲傳來。

「哈哈哈哈哈哈……」

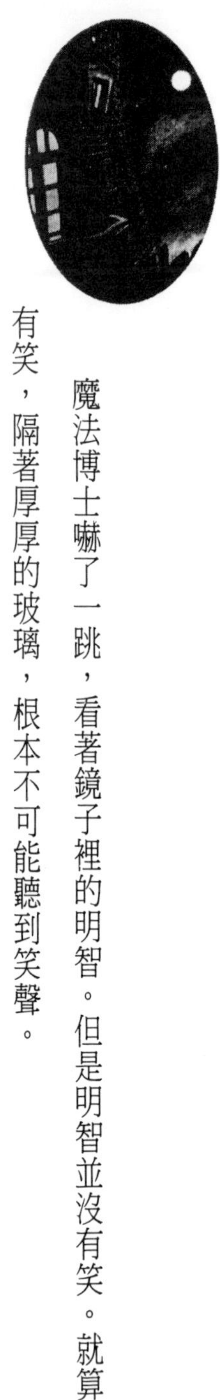

魔法博士嚇了一跳，看著鏡子裡的明智。但是明智並沒有笑。就算有笑，隔著厚厚的玻璃，根本不可能聽到笑聲。

詭異的笑聲讓人渾身不舒服，而且一直持續著。

「哈哈哈哈哈……」

博士不禁站了起來，看看四周。

「是誰？」

大叫著。

「是我，我就是你自以為已經成為俘虜的明智小五郎。我怎麼可能會成為你的俘虜呢？」

聽到有人在回答。可是鏡中的明智仍然坐在床上，依然面露吃驚的表情環顧房內，什麼話也沒說，而且聲音傳來的方向也不同。

難道明智會使用腹語術，不必開口就能說話嗎？即使如此，透過玻璃也不可能聽到他的聲音呀！魔法博士非常清楚，就算在對面的房裡大喊大叫，這裡也聽不見。

魔法博士自己也開始覺得渾身不對勁。

「你再說一次，你在哪裡？」

「我不在其他地方，不就是在你面前嗎？哈哈哈……要變魔術，我也會呀！」

鏡中的明智，臉上的表情和說這番話時應有的表情截然不同。因此，不可能是鏡中的明智說的話。那麼，到底是誰在惡作劇呢？魔法博士的手下不可能會這麼做，難道是有人躲在這棟建築物裡嗎？

魔法博士覺得愈來愈不舒服了。

「你說你不是俘虜，那你就過來這裡。即使是名偵探，也不可能離開那個堅固的房間。」

「嘿嘿嘿……堅固的房間？在名偵探面前，有門就等於沒有門，難道你不知道這一點嗎？我在這裡，我就在這裡呀！」

魔法博士緊盯著房間入口的門，因為明智的聲音好像就是從門的那邊傳來的。

仔細一看，迎面堅固的大門，朝左右敞開，門外微暗的走廊上站著一個人。

穿著黑色的服裝，身材頎長，蓄著捲髮的人，他悠哉的走了進來。啊！這到底是怎麼回事？他竟然是明智小五郎。

魔法博士嚇了一跳，再次看向鏡中。明智的確坐在鏡子裡的床上。可是同樣是明智，另一個人卻從迎面的大門走進來。難道名偵探明智的身體一分為二嗎？還是其中有一個是明智的幽靈呢？

博士訝異的看著明智。就在這時，他的眼睛瞪得更大了，因為在明智幽靈的身旁，兇惡的老虎正亦步亦趨的跟著他。

明智的手抓著老虎的脖子，以悠閒的步伐接近博士的大桌子。博士頓時覺得頭暈目眩，以為自己看到幻影。

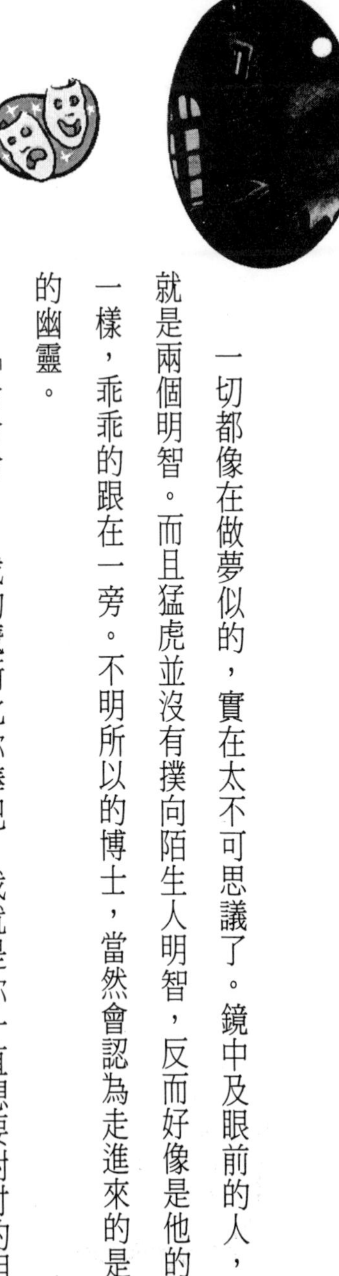

一切都像在做夢似的，實在太不可思議了。鏡中及眼前的人，分明就是兩個明智。而且猛虎並沒有撲向陌生人明智，反而好像是他的家臣一樣，乖乖的跟在一旁。不明所以的博士，當然會認為走進來的是明智的幽靈。

「哈哈哈……我的魔術比你棒吧！我就是你一直想要對付的明智。我來聽你要說些什麼。」

「你說謊，你到底是誰？真正的明智就在那裡，你看！」

魔法博士指著鏡子大叫道。

「我知道，在那裡的是明智，在這裡的也是明智，現在有兩個明智。這就是我變的魔術，叫做分身術。」

「不，不可能有這種事情的。」

「哈哈哈……你完了，現在就算你按下按鈕，也沒有人會來救你，因為你的手下全部被綁住了。」

「你說謊，怎麼可能呢？」

魔法博士不斷的按著大桌子底下的鈴，卻沒有看到任何人進來。

「畜牲，你不要再過來，否則我就用這個對付你。」

博士掏出小型的手槍，槍口指著明智。

「哈哈哈……不行，不行，因為你根本沒有勇氣扣板機，就算發射子彈，也打不中我。魔法博士拿著手槍，真是太難看了。我就在這裡聽你說，你先前不是說要告訴我一些事情嗎？」

明智莞爾笑著走近大桌子，悠閒的坐在魔法博士正對面的椅子上。老虎則好像一隻家犬，溫馴的趴在桌腳。

巨人與怪人隔著一張桌子面對面了。到底是明智偵探獲勝，還是魔法博士技高一籌？智慧與魔術較勁的序幕即將揭開。

為什麼會出現兩個明智？長期臥病在床的明智，現在看起來完全沒有病人的樣子，這到底是怎麼一回事呢？而且猙獰的猛虎為什麼乖得像

狗一樣？實在太奇怪了。

巨人與怪人

就算是魔法博士，面對眼前不可思議的奇景，也嚇得目瞪口呆，楞楞的看著眼前的明智和鏡子裡的明智。在眼前的一公尺處，出現的是兩張相同的明智的臉。

「哈哈哈……魔術先生，你怎麼會為這種小手法感到吃驚呢？其實只要仔細想想，應該不難看出破綻呀！」

坐在魔法博士對面椅子上的明智，從容的笑了起來。大老虎則趴在椅子旁邊，好像一隻溫馴的小狗。

「嘿嘿嘿，不愧是明智先生，手法真高明。我萬萬沒料到你竟然會準備自己的替身。出現在鏡子裡的對面房間裡面的人，應該就是你的替身吧？」

「沒錯，我有一個好像雙胞胎一樣的弟子。我就是請他扮演我的替身。」

明智偵探擁有一個和自己長得一模一樣的替身。這個替身在『怪盜二十面相』一書中，已經詳細介紹過。所以明智使用替身，其實一點都不奇怪。

明智微笑的看著魔法博士，繼續說道：

「但是，你知道我是什麼時候和替身調換的嗎？既然你精通魔術，那麼這點小事不必我說明，你應該也猜得到吧！」

魔法博士接受明智的挑戰，思索了一會兒。不久之後，面露狡獪的微笑，回答道：

「就是你生病的時候。那只不過一種騙人的把戲，我說得沒錯吧？」

「不錯，竟然能察覺到最根本的問題。還有呢？」

「你是真的生病。不過，就在你痊癒時，還繼續假裝臥病在床。然後讓替身取代你，躺在床上。真遺憾，我竟然沒有想到這一點，誤以為假的替身就是你。」

「你很厲害，的確就是如此。那麼真正的我，又是怎麼到這裡來的呢？你的手下守在出入口，我應該進不來才對。」

「這點我知道。當時我讓兩名手下假扮警察，到你的臥室去。就在我們兩人談話時，他們到裡面去，抓住你的妻子和傭人，以免妨礙我的計畫。這就是我的目的。可是不知道你躲在哪裡，在我的手下分別進入不同的房間時，你抓住其中一個，用手槍威脅他，脫掉警察的衣服，你自己再換上，假扮成我的手下，將假的明智帶到這裡來。」

「說得沒錯，不愧是魔法博士。假的明智睡在那個房間裡，而我脫下警察的制服，變回真正的明智，然後就來到這裡。」

「不管怎麼說，你來得好，明智。無論是用什麼方法，總之，你來了。我太高興了，歡迎你，放輕鬆一點吧！」

魔法博士將擺在桌上的煙盒推向明智，請他抽根煙。他自己已經取出一根煙點火，開始吞雲吐霧。整個人靠在椅子裡，臉上露出惡意的微笑。

「我識破了你的手法，現在換你來揭開我的魔術的謎底。名偵探應該也擁有魔術師的智慧吧！」

氣氛有些緊張，魔法博士馬上還擊，立場隨即倒轉，輪到魔法博士向明智挑戰。

「怎麼樣，你到底猜不猜得中呢？」

「有趣，好，我就接受你的挑戰。首先是黑魔術。在舞台上，讓所有的東西消失或突然出現，震驚觀眾。先前在天野家的後院，兔子飄浮在空中，然後消失，這也是一種黑魔術。你先讓一名手下，從頭頂到腳底，全都用黑布包著。再抓著兔子，從牠的頭慢慢的往下，罩上黑布。

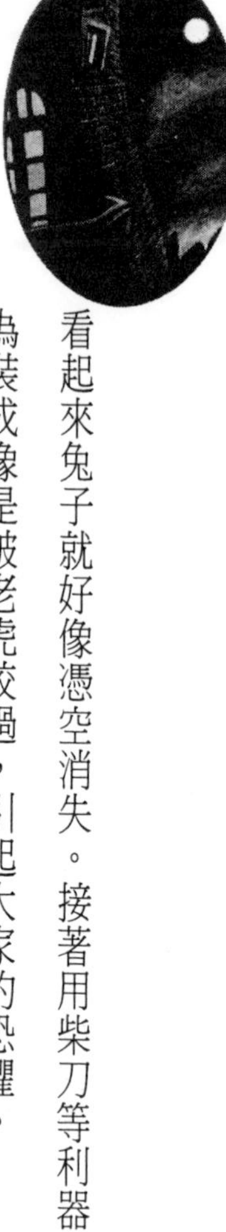

看起來兔子就好像憑空消失。接著用柴刀等利器，在樹幹上劃出傷痕，偽裝成像是被老虎咬過，引起大家的恐懼。

天野勇一在舞台上消失，也是使用相同的手法。你的助手將勇一罩上黑布，帶到舞台後方。然後立刻用東西塞住他的嘴巴，再綁住他的手腳，把他帶到屋外的森林裡去，所以，警察才會到處都找不到他。事實上，他根本不在屋內。

接著，你假扮成像黑豹一般的怪物，趴在外面高塔的牆上。腳沒有可以踩踏的支撐點，你露了這一手，為的就是讓別人誤以為你擁有神奇的力量。這個手法的確很高妙，因為你使用的是橡皮吸盤。」

「噢！連這點你都發現了。」

魔法博士故作吃驚的看著明智。

「橡皮吸盤」，是西方的魔術師在看到蒼蠅能若無其事的停在天花板上時，突發其想的認為也許人能夠模仿牠的行為，於是發明了約二十公分如碗般大的橡皮製吸盤。蒼蠅腳有小吸盤，不會妨礙走路。那麼，如果人類將這種吸盤綁在手腳上，趴在天花板，應該也能行走。有的魔術師就會在觀眾面前表演這一手。

不過，因為不能像蒼蠅一樣迅速的移動，只能趴著緩慢行走，所以，後來觀眾漸漸不感興趣，逐漸的就很少出現這種表演。然而魔法博士卻加以模仿，製作四個像碗一般大的吸盤，綁在雙手及兩膝上，趴在塔的外牆上。

「還有神社的石獅子。你在綁架天野之前，將擺在兩邊的石獅中的其中一隻，先偷偷的搬到社殿裡，然後關上門。在從塔頂脫逃後，又將藏在森林裡的和石獅子相同的服裝從頭頂套下，假扮成石獅子，優閒的坐在石檯上。

獅子大的頭的部分是用紙糊做成的。在黃昏時，天色微暗，警察從你的面前通過時，根本不會察覺。誰都猜想不到，一直坐在神社前的石

獅子竟然是假冒的。」

「厲害、厲害，的確是這樣。你就好像親眼看到這一切似的。」

魔法博士絲毫不覺得驚訝，彷彿認為明智偵探應該早就對所有的事情瞭若指掌。

兩人不是應該互相仇視對方嗎？可是，他們卻像好朋友一樣，正優閒的聊天呢！

如果明智是為了爭取警察來到這裡的時間而優閒的聊天，想要拖延時間，那還有道理可言，但是，魔法博士為什麼這時還能表現得這麼輕鬆呢？

一旦警察趕到這裡，他就無處可逃了。難道魔法博士留有最後的王牌，所以根本不在乎這一切嗎？

大魔術

明智繼續說道：

「還有就是老虎。為什麼老虎會四處出沒呢？你的頭髮染成黃黑相間的顏色，同時又黏上虎鬚，感覺就像是老虎變成人，出現在別人眼前一樣。晚上在後院，故意留下老虎的腳印。而且在樹木和柱子上，也故意留下好像被老虎咬過的傷痕，想要震驚世人。

事實上，你利用的老虎有兩隻。一隻是真正的老虎，而牠則一直是被關在鐵籠裡。小林和天野看到的，就是真正的老虎。另一隻是假的老虎。和石獅子同樣的，用虎毛製成的衣物，穿在人的身上，四處走動。頭的部分則是戴著琥珀製的虎頭。只看一眼，根本就無法分辨真偽。

讓花田騎在背上，在夜晚的城鎮奔跑，以及後來跑到三名少年房間

裡的，全都是假老虎。模仿老虎猙獰的表情，做出可怕的吼叫聲，其實是躲在裡面的人吹出類似這種聲音的笛子罷了，根本不會咬人。假老虎通常在夜晚或天色微暗的時候出現，而且對象全都是少年，所以沒有被識破。

我之前就親眼看到你的手下穿著老虎的衣物。當時我穿著警察的制服，假扮你的手下，所以才能掩人耳目。他在我的面前若無其事的穿著老虎的衣物，祕密自然就揭穿了。

後來，我又換上另一位警察的衣服，綁住你的手下，把他們關進石屋裡。此外，在正門和後門監視的人，也全都被我抓住，同樣的關到石屋裡。接著等到老虎驚嚇三名少年，從房裡走出來時，一把抓住牠，那就是現在趴在這裡的老虎。事實上，牠是因為怕我的手槍，才會聽命於我。」

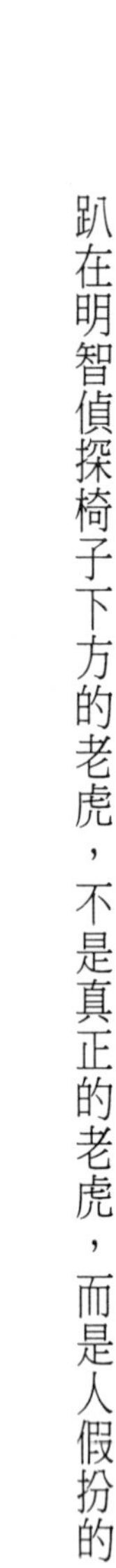

趴在明智偵探椅子下方的老虎，不是真正的老虎，而是人假扮的。

明智右手拿著的手槍，槍口正好抵住老虎的背部。如果不聽從明智的吩咐，他隨時都會扣下板機。因此，假扮的老虎才會乖得像隻狗，溫馴的留在這裡。

默默聽著這一切的魔法博士，這時不懷好意的微笑，雙眼瞇得跟線一樣細。

「不愧是明智先生，我非常的佩服。你是說我的手下全都被你抓住，我現在孤立無援了嗎？嘿嘿嘿，你的心思果然很細密。」

但是，博士卻毫無懼色，依然悠哉的坐在椅子上。

就在這時，聽到腳步聲響起。房間的大門口，出現了一名少年，他走了進來。

「老師。」

「噢，小林嗎？」

原來是小林。

小林來到明智偵探身邊，對他耳語。

「哈哈哈……敵人的數目愈來愈多了，應該還有四名少年，他們應該也獲救了吧？」

魔法博士大笑道，彷彿不知恐懼為何物的怪物。

「我救出小林，同時要他去請求支援，現在已完成任務回來。其他四名少年應該在援軍抵達時會獲救。」

「哈哈哈……大軍到來？實在太痛快了。魔法博士還有一些把戲沒有使出來呢！明智先生，我早就使用了一、兩種魔法，我想你應該已經察覺到了。」

「嗯！你使用的是大魔術。將花田帶到這個建築物來，用麻醉藥把他迷昏後，丟在大門的草叢中。正好遇到巡邏的警察，於是進來展開搜索。花田睡了一小時，洋房裡卻變得空無一物。白色的房間、天野少年和關老虎的鐵籠，一切都消失了。這的確是不折不扣的大魔術。

但是，我已經識破這個障眼法。你抓走花田，用麻醉藥迷昏他，用汽車把他帶到不知名的地方。在他被帶走時，已經被麻醉藥迷昏了，後來又將他丟在森林中的草叢裡。對於手無縛雞之力的少年，為什麼一定要用麻醉藥呢？祕密就在於此。當我來到這裡時，就揭開謎底了。我已經將這件事告訴小林。」

「是的，一切正如老師所說的。」

小林插嘴附和。

「我所進入的如牢房一般的房間，只有一扇窗戶。最初是夕陽從窗外照進來。睡了一晚，第二天早上睜開眼睛一看，朝陽卻從相同的窗子照進來，這時我就了解這個手法了。」

「嗯！你似乎發現關鍵所在。那麼你發現什麼了呢？」

魔法博士似乎也很佩服的問道。

「當時，你假扮拉洋片的老爺爺，端了一杯摻有安眠藥的橘子汁給

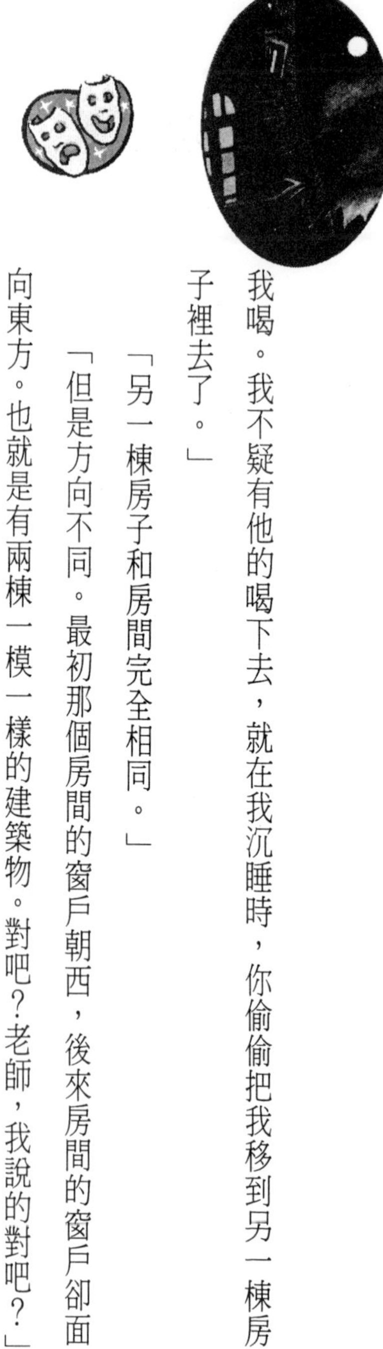

我喝。我不疑有他的喝下去，就在我沉睡時，你偷偷把我移到另一棟房子裡去了。」

「另一棟房子和房間完全相同。」

「但是方向不同。最初那個房間的窗戶朝西，後來房間的窗戶卻面向東方。也就是有兩棟一模一樣的建築物。對吧？老師，我說的對吧？」

「沒錯。因為我假扮成魔法博士的手下，才沒有被麻醉藥迷昏。來到這裡之後，我就發現了。這裡並不是在天野勇一家附近的那棟洋房。這裡不是世田谷區，而是橫濱的山手。從外觀來看，兩棟洋房的確完全一樣。不過，在世田谷的洋房並沒有發現白色的房間，也沒有關老虎的鐵籠，根本空無一物。

先前表演黑魔術的舞台，是在世田谷的洋房。接下來所發生的事，則全都是在橫濱的洋房裡發生的。花田先被帶到橫濱的洋房，用麻醉藥迷昏之後，又被汽車載到世田谷的洋房前，丟在草叢裡。不過，兩棟一模一樣的洋房是如何建造出來的，這我可就不知道了。」

「在明治時代，有一對傑出的英國兄弟。他們在不同的地方，建造了兩棟設計如出一轍的洋房。內部裝潢完全一樣，只有方向不同。我認為這是變魔術很好的題材，於是費盡心思得到這兩棟洋房，但是祕密還是被你們識破了。佩服，佩服，不愧是名偵探和名少年助手。不過，祕密可不只是這些，背後還有一個更大的祕密。明智先生，你應該已經知道了吧？」

魔法博士立刻站起來，俯看明智和小林，嘿嘿嘿……露出心懷不軌的微笑。

最後的王牌

魔法博士站起來，繼續說道：

「我先綁架天野勇一，然後是小林和三名少年，最後則是明智小五郎。雖然事跡敗露，可是，我並不是真的把這些少年當成俘虜。雖然後來還用老虎嚇他們，但那不是真的老虎。至於那些少年，我也讓他們吃美味大餐，而且還讓天野換上王子般的華麗服飾。我也打算讓其他的少年換上相同的衣服。

我到底做了什麼壞事呢？既不偷，也不搶。雖然綁架幾名少年來這裡，但是並沒有勒索贖金，只是帶他們來這裡，奉若上賓。明智先生你也一樣。雖然我抓了你，卻沒有傷害你的意思。那麼，明智先生你知道我想做什麼嗎？你知道我的用意嗎？」

魔法博士用瞇成一直線的眼睛看著明智。

「答案只有一個。」

明智說著，也站了起來。巨人和怪人隔著桌子，彷彿決鬥似的互瞪對方。兩人臉上的笑容慢慢的消失了。

「哇！答案只有一個？那麼你的答案是什麼？」

「你抓住我、小林和少年偵探團的三名成員，讓我們不能離開這棟建築物，想要讓我們痛不欲生，嘲弄世人。」

「這是為了什麼呢？」

「為了報復。而企圖這麼做的人，全世界只有一個。」

明智偵探和魔法博士一動也不動的互瞪對方，時間長達一分鐘。在這一分鐘內，簡直令人快要窒息。

「那個人是誰？」

魔法博士繼續挑戰。

「就是在品川海灘死掉一次的男人（出現在第5集『青銅魔人』中的事件）。不，不只一次，而是死過兩、三次的男人。偽裝死亡，卻還活著的男人。」

「這個活著的男人是誰？」

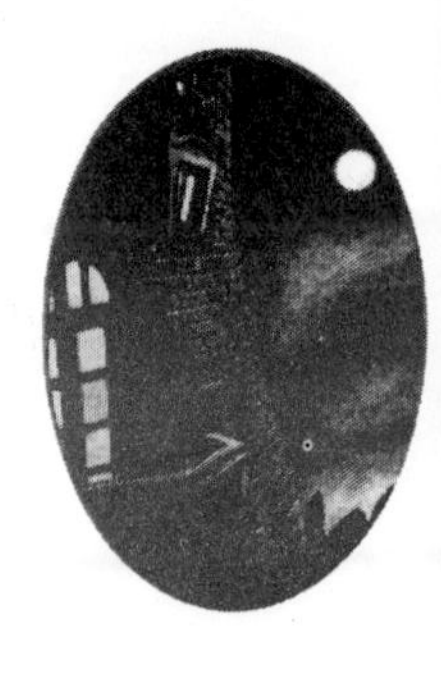

「就是你。你這個不死之身的男子，怪盜二十面相。」

這時，小林瞬間覺得彷彿沉入海底似的，無聲無息，時間的流逝好像完全停止。名偵探和怪人有如石頭般，文風不動的瞪著彼此。

怪盜二十面相？各位讀者為了等待這一刻，大概已經等得不耐煩了吧！在魔法博士出現在打棒球的少年們面前時，你們的心中應該已經浮現「怪盜二十面相」這六個字了吧！

魔法博士就是怪盜二十面相，雖然各位讀者堅信這一點，但應該還是滿懷期待，揭露真相這一刻的到來吧！

怪盜二十面相是擁有二十種不同面貌的怪物，他可以假扮成所有的人，例如像機器般的青銅魔人。而現在則是假扮成老虎和魔法博士。

就在這時，走廊上響起雜沓的腳步聲。三名少年、天野勇一、明智偵探的替身，還有四名警察，全都從大門口走了進來。

惡貫滿盈的怪盜二十面相，終於面臨絕境。但是，他卻一點也不害怕，反而「哈哈哈……」的大笑起來。身體靠向房間一側的柱子。難道他想背對柱子，與眼前的這些敵人挑戰嗎？

「明智先生，雖然我已經無路可退，但是，我還有一些你不知道的祕密。這就是我最後的王牌。你看……」

這時，眾人不禁「啊」的叫出聲。原來在眾目睽睽之下，發生了很奇怪的事情。

只見魔法博士的身體好像被什麼拉住似的，沿著柱子，咻地飛上了天花板。

他的姿勢變得很奇怪。黏在高高的天花板上，就好像一隻大蝙蝠展翅飛翔似的。黃黑相間的長髮，飄散在空中，玳瑁色的大眼鏡閃耀著光芒。鏡片後面如老虎般的藍色大眼睛，瞪著下方。詭異的披風，有如大的翅膀一般，不斷啪答啪答的拍打著。

「哇哈哈……明智先生，你的苦心要變成泡影了。我絕對不會被

你們抓住的。哇哈哈哈……哇哈哈哈……」

就在這時，天花板嘶的打開，大蝙蝠消失在天花板後面的黑暗當中之後，天花板又嘶的關上。狂妄的笑聲漸去漸遠，最後終於聽不見。

吃驚的看著天花板的眾人，臉色蒼白。因為天花板中央的吊燈突然變亮，散發出白熱的光芒。

訝異之餘，又發生了奇怪的事情。宛如巨大鈴蘭花般的吊燈，最初只是慢慢的，不久之後就開始劇烈的搖晃。幾十個電燈泡花瓣，開始進行危險的盪鞦韆遊戲。

直徑一公尺的電燈泡，有如煙火一般，眼看就要掉在眾人頭上。大家哇的尖叫出聲，各自找尋室內的角落躲避。這時，又聽到「哇哈哈哈……」可惡的笑聲。

抬頭一看，在劇烈晃動的吊燈中心旁邊，天花板其中的一塊格子板掀開了，從露出的黑色洞穴當中，可以看到一張又像人又像野獸般可怕的臉，啊！二十面相，原來是魔法博士的二十面相。可能因為光線不穩的緣故，看起來就像是老虎的臉。

地底的怪盜

裝著幾十個電燈泡、長達一公尺的吊燈，隨著怪盜的笑聲，搖晃得更劇烈。瞬間脫離天花板，掉落下來。

「危險！」

眾人大叫著，紛紛走避。吊燈發出如炸彈爆炸般的巨大聲響。掉到地板時，幾十個電燈泡和玻璃燈罩四散紛飛。

有的人被玻璃碎片割傷，但是，並沒有受重傷。

「找梯子，趕快找梯子。」

有人大叫著。

天花板的洞中，已經看不到怪盜了，他早就不知道消失到天花板的哪裡去了。

兩名警察跑到後院，拿來一個梯子。把它放在先前怪盜往上飛去的天花板的角落處。

這時，明智偵探走過去檢查怪盜身後抵住的柱子。

「原來從柱子到天花板有條縫隙，裡面有軌道。軌道上有個鐵釘般凸出的東西，只要按下這個按鈕，啟動電動開關，鐵釘就會順著軌道，升到天花板上。那傢伙把自己的披風鉤在鐵釘上，按下按鈕，就這樣飛到天花板上去了。這就是他最後的王牌。」

明智偵探解釋給眾人聽。魔術師習慣在屋內各處安排讓人意想不到的機關。

明智偵探附在小林耳邊悄悄的說了一些話。小林點點頭，表示「我知道了」。接下來帶著少年偵探團的三名少年及天野勇一走出房間。這些少年們後來可是立下了大功。

一名警察和明智的替身趕緊跑到屋外，將這個房間發生的事情通知待命的警察隊。而留在房內的三名警察和明智偵探，拿著手電筒和手槍，爬上之前架在柱側的梯子，去追趕怪盜。

明智帶頭，爬上梯子，推開天花板，結果天花板像門一樣開啟。裡面是漆黑的小閣樓。四個人拿起手電筒，檢查小閣樓。

這個小閣樓非常狹窄，必須彎腰駝背才能前行。用手電筒照亮四周，看到好像有一條如隧道般的通路。隧道中，依稀有東西趴在那裡。

「啊！他在那裡。」

警察不禁叫出聲音。這個人的確就是魔法博士的怪盜二十面相。當這邊的四個人爬到隧道入口時，怪盜彷彿老鼠似的，迅速往裡面逃逸。

「等等。」

四人在後面追趕，異口同聲叫道。跟著通過隧道，朝深處追去。

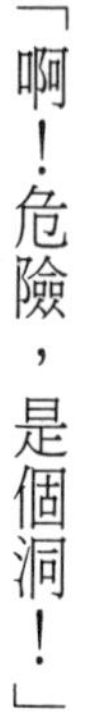

「啊！危險，是個洞！」

帶頭的明智偵探，突然停下腳步，叫住後面的警察們。

如隧道般的道路，延伸到盡頭，那裡有個深不見底的大洞。

「哇哈哈哈……明智先生，怎麼樣，這就是我設下的機關。就算是名偵探，做夢也沒想到閣樓裡竟然有這麼深的大洞吧……。這只是入口而已，裡面還有更讓你驚訝的東西呢！哇哈哈哈……喂！小心的跟著我吧！」

洞底傳來怪盜的聲音。

明智偵探跪在洞的邊緣，用手電筒往下照著。發現如井般的深洞，旁邊有直立的鐵梯子，延伸到底部。而怪盜正在梯子上攀爬，看起來不知道是老虎還是人。猙獰的臉，抬頭看著洞穴上方的明智。

「上來！你想逃走，我就殺了你。」

一名警察的手槍，越過明智偵探的肩膀，瞄準怪盜。

「嘿嘿嘿，你們不會射殺我的，我很清楚你們打算活捉我。我也有槍，但是我討厭見血。如果你們能夠追到我，儘管放馬過來。不過，我絕對不會乖乖束手就擒，因為我是魔法博士。藉著魔法的力量，我可以逃到任何地方去……」

怪盜有如猴子一般，飛快的爬下鐵梯，消失在洞底的黑暗之中。這麼深的洞穴，到底通往何處呢？後來才知道，原來這個洞與屋內每個房間的牆壁都相通。

在之前的世田谷區的怪屋裡，經過地毯式的搜索，並未發現可疑之處，所以可以放心。可是這裡並不是世田谷的洋房，而是和它一模一樣的橫濱的洋房。雖然外觀相同，但是，裡面卻暗藏各種魔術的機關。就算是明智偵探，也無法一一識破。

明智爬下直立的鐵梯，三名警察跟隨在後。對手是討厭殺人的怪盜二十面相。先前他說過，他不會開槍的。因此，可以不必擔心。該煩惱的是，洞穴底部不知道還藏有什麼機關。

啊！明智偵探是否真的能夠抓到怪盜？接下來又會發生什麼意想不到的險惡事情呢？

密室之謎

鐵梯長達五公尺。走下鐵梯，踩到水泥地。用手電筒照著四周，發現與有如隧道般的通道相連，原來是地下道。周圍的牆壁，全都是用水泥砌成的。

由於沒有其他通路，所以怪盜一定進入了這個隧道當中。明智和三名警察，手上各自拿著手電筒，朝著隧道深處前進。

在距離十公尺遠的地方，可以看到怪盜正奮力往前奔跑。因為必須藉著手電筒的光留意腳下的一切，所以一直無法輕易地追上他。

就在這時，怪盜突然消失不見。到底發生什麼事？跑過去一看，原來是隧道的轉角，怪盜在這裡轉彎，身影當然會消失。

明智偵探等人跟著轉彎。往前走了兩、三步，明智「啊」的大叫一聲，停下腳步。

「危險，這裡有個大洞！」

用手電筒往下一照，眼前出現一個寬三公尺的大洞。

怪盜是如何通過此處的呢？牆壁沒有任何支撐點，他根本不可能通過這個洞口。仔細查看，發現又是個深不見底的大洞。可是依稀可以看見怪盜在洞穴的對面奔跑，到底他是如何越過這麼寬的洞穴呢？

「啊！我知道了，原先擺在洞口的板子被他拿走了。」

明智用手電筒照著板子。原本應該架在洞穴上做成橋的板子，現在被怪盜拉到洞穴的另一邊，讓他們無法繼續追捕。

「好，我就先越過這個洞穴，再將板子放回去。你們等會兒再跟過來。」

明智偵探自少年時代開始，就經常運動鍛鍊身體。雖然生病，但不是什麼重病，早就已經痊癒。僅僅三公尺的寬度，應該難不倒他。從洞口邊緣後退幾十步，然後開始小跑步，很快就輕而易舉的越過洞穴。

接著，將長長的板子拉過來，遞給警察。警察們趕緊將板子架在洞口上，做成木板橋。

三名警察走過木板橋，與明智會合後，用手電筒打量著隧道前方。雖然遇到障礙，讓對方跑遠，但是不必擔心，因為怪盜還在手電筒光線可及的範圍內優閒的走著。明明可以逃走，卻故作悠哉的散步，彷彿在嘲弄他們。

就在接近怪盜時，又遇到隧道中的岔路。地下道並不是只有一個通道，每走一段時間，就會遇到岔路。這次怪盜沒有轉彎，而是繼續往前走。

迎面看到微弱的光線，隧道的盡頭似乎就是房間。房內的燈光照進隧道，所以才會看到微弱的光線。

怪盜的披風飄動著，他跑進了那光線之中。不過，好像在嘲笑後面的追兵似的，故意搖搖晃晃的走著。在燈光的照耀之下，彷彿影繪般的晃動。他優閒的走進敞開的門中。聽到門上鎖的聲音，接著四周又陷入一片漆黑。

「啊，被他跑了。」四個人趕到這裡，試著打開門。但是門已經上鎖，根本文風不動。警察們陸續撞門，終於把門撞破，一腳踩進門內。

那是個五、六坪大，用水泥砌成的房間。天花板、地板，甚至是牆壁，全都是水泥砌成的。沒有任何擺設，也沒有任何家俱，就好像牢籠般的房間。入口處沒有門，也沒有窗戶，根本沒有出口。整個房間好像密合的蓋子一般。

然而在這個無處可逃的房間裡，早一步進來的怪盜，為什麼現在不見蹤影呢?別說是人，裡面連一隻老鼠都沒有。魔法博士的怪盜二十面相就像煙一樣的消失不見了。

警察們手持警棍，敲敲地板、敲敲四面的牆壁。一名警察踩在另一名警察的肩上，連天花板都敲過了。發現全都是水泥打造的，沒有任何祕密通道。

因為是地下室，所以其中一面牆的頂端和底部各有一扇四方形的通氣孔。不過，那只是十公分見方的小通氣孔，人不可能通過。

難道怪盜只是假裝進入這個房間，實際上並沒有走進來嗎?難道在隧道某處還有其他的祕密通道，而他已經逃往該處了嗎?想到這裡，明智偵探走出門外，仔細檢查隧道的牆。可是並未發現任何可以當成通道的地方。

「明智先生，這裡應該是個密室吧?」

一名身穿警部補(地位次於「警部」的警察)制服的警察很驚訝的

詢問道。這位警部補曾在其他案件和明智共事過，所以兩人認識彼此。

「這裡的確是密室。如果那個傢伙真的走進來，那麼應該無處可逃。雖然隧道有岔路，可是當他接近這扇門時，我們已經通過岔路。因此，在這個隧道中，他不可能從我們的面前脫逃。我也不知道這到底是怎麼回事。」

「密室」，是偵探小說中經常提到的字眼。沒有任何可以逃走的出入口，在密閉的室內行兇，而且看不到犯人的怪異事件，就稱為「密室犯罪」。

魔法博士的二十面相，在最後一刻還是以魔術的手法消失。似乎在嘲諷明智「名偵探，你能夠解開這個密室之謎嗎」？

如果明智偵探無法解開這個謎團，那麼，他就沒有資格和怪盜二十面相鬥智。因此，明智非解開這個疑雲不可。

各位讀者，是否也想和名偵探一起揭露這個謎底呢？其實只要稍微思考一下，應該不難知道。不過，到目前為止，解開這個謎團的線索只有一個。只要大家留意次章明智偵探提到的事，則所有的問題就可以迎刃而解。現在就來揭開謎底吧！

塔上的魔術師

明智偵探站在昏暗的房內，手臂交疊，思索了一會兒。好像想到什麼似的，不假思索地直接走到室內一側的牆邊，蹲下來開始檢查十公分見方的通氣孔。用手電筒的光照著通氣孔，臉幾乎要貼上去似的，仔細檢查了一番。

「嗯！可能是這個。」

明智自言自語的說著。右手伸進孔中，好像在找什麼東西。

「你在找什麼？」

警部補低頭看著明智奇怪的動作。

「不，沒什麼，通氣孔的對面也只有水泥地。」

「噢！對面有房間嗎？」

「不，不是房間。可能是走廊吧！先前遇到的隧道岔路，可能也可以通往該處。」

「怎麼可能，人根本無法穿過這個洞呀！」

「沒錯，就算是魔術師也無法做到。」

「那麼，你為什麼要檢查這個地方呢？難道這樣就可以解開密室的謎團嗎？」

「因為灰塵啊！這個通氣孔佈滿灰塵，而灰塵有被用力摩擦過的痕跡。既然如此，就表示裡面有大的柔軟物被抽出來。」

「喔！大的柔軟物？你是說二十面相假扮成這個柔軟物，從這個小洞中逃走了嗎？」

「不，我不是這個意思。不過，在我看到這個灰塵的痕跡之後，就已經解開密室之謎了。」

「咦！解開謎團？明智先生，你說的是真的嗎？那傢伙是如何逃離這個房間的呢？」

「等一下你就知道了。現在當務之急應該是要先抓到他。在我們進入這個房間時，他應該還在通氣孔的另一側。如果我們繼續在這裡磨磨蹭蹭的浪費時間，就真的抓不到他了。我們趕緊到對面去。只要從隧道的岔路繞過去就可以了。」

四個人鑽出被打破的門，退回隧道裡，進入剛才遇到的岔路中。他們手中還是都拿著手電筒。

沿著岔路前進，來到先前房間的外側。牆壁的頂端和底部都有四方形的通氣孔。為了謹慎起見，明智用手電筒檢查下方的洞。灰塵摩擦過的痕跡，與在房內看到的完全相同。

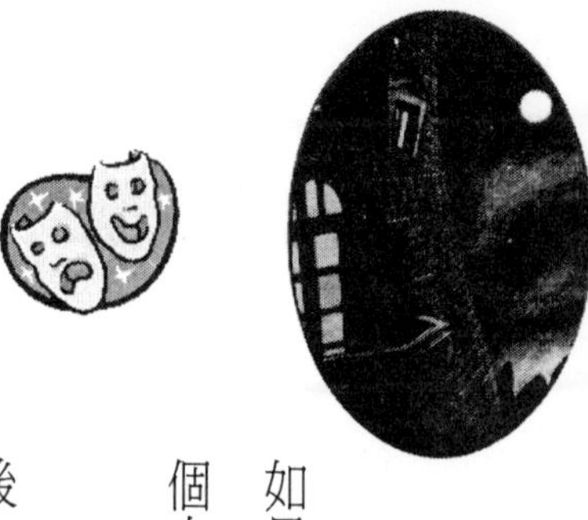

怪盜可能又沿著岔路，回到最初通到下方的直立鐵梯那裡。不過，如果從那裡上去，立刻就會被守在房內的警察擒住，他應該不會選擇那個方向。所以，他可能會再退回來，朝原來的方向逃走。

明智偵探思緒飛快運轉，當下決定繼續前進，警察們也跟在他的身後。不久之後，來到隧道盡頭，這裡有直立的鐵梯。

在爬鐵梯時，頂端好像被石頭蓋子堵住。明智用力推它，並沒有封死，石蓋慢慢的被推開。

推開石蓋，四個人爬出洞穴，進入一個房間裡。有一扇小小的窗戶，透著微弱的光線。戶外是月光皎潔的夜晚。

原來這裡是三層圓塔樓的最底層。房間正中央有一條如蝸牛殼似的螺旋梯。

明智偵探用手電筒檢查通往塔的出入口的門。來到門邊，仔細查看。

「咦！這個門是上鎖的，那傢伙除了爬到塔頂，根本無路可逃。」

逃到無路可去的塔頂，這不是自掘墳墓嗎？但是，他是一個難以捉摸的怪物，這麼做也許有他的道理。

「我們到塔頂去看看。」

明智帶頭，四個人爬上螺旋梯。二樓空無一人，接著來到三樓。這裡也沒有人。然而明智卻覺得二十面相似乎才剛通過此處似的，塔的牆壁或天花板上可能有機關，怪盜也許就躲在裡面。

就在這時，窗外的下面突然傳來吵雜的人聲，似乎發生非比尋常的事情。

明智立刻打開窗戶，藉著明亮的月光俯看下方。塔下的庭院，站著五、六名警察。他們正抬頭往上看，不知道在叫些什麼。到底發生什麼事呢？

明智從窗口探出上半身，對下方的人招手。發現他的警察，全部用手指著塔頂，口中叫著：

「魔法博士……」

「在塔頂上……」

叫喚聲聽得非常清楚，看來怪盜已經爬到塔頂。不過，實際情況不明。因為即使努力將身體往外挪，還是看不見塔頂，非得到下面一探究竟不可。

於是明智將兩名警察留下，和警部補一起離開塔，回到走廊。從屋內跑到庭院裡，來到剛才警察大叫的地方。抬頭看著塔頂，難怪他們會大叫，原來在皎潔的月光下，映照出異樣的光景。

塔頂呈尖帽狀。頂端有如長的避雷針一般的鐵棒，魔法博士正抓著鐵棒，站在那裡。

如大蝙蝠般的披風隨風飄盪。眼鏡的鏡片在月光的照耀下，閃閃發亮。怪盜以天空的月和雲為背景，站在那裡俯視地面。

墜落的惡魔

幾近滿月的月亮，有時會有如黑色綿花般的烏雲飄過。抓著避雷針的怪盜，有時模樣很清晰，有時卻又很模糊。而宛如蝙蝠翅膀般的披風在空中飄動，使他看起來就像天空中的魔人。

在短短的五分鐘內，明智偵探站在原地，手臂交疊，凝視著塔頂。由於明智沈默不語，所以周圍的警察也全都沒有任何行動，看著塔頂的怪盜和明智。

「偵探到底在想什麼？怪盜爬到那麼高的塔頂，已經動彈不得，我們卻什麼也不能做，真是糟糕啊！」

明智臉上的神情透著古怪。

原本如銅像般文風不動的明智，突然回頭看著站在旁邊的警部補，

說道：

「附近有沒有獵槍？如果有，借一枝來吧！」

警部補面露驚訝的表情。

「獵槍？我知道附近的獵人有，但是，要獵槍做什麼？」

「先去借來再說，別忘了還要借子彈。放心，我不會給你惹麻煩，你就去借來吧！」

警部補知道明智是名偵探，甚至連警政署的搜查組長都必須借助他的智慧，所以只要是他說的話，絕對沒錯。於是就命令部下去借獵槍。

明智就這樣默默看著塔頂。而警部補因為了解明智的個性，所以沒有追問下去。每當烏雲飄過，遮住月亮時，塔頂的怪盜和地面上的人的臉就會忽明忽暗。

約莫過了將近二十分鐘的時間，有一名警察拿著獵槍，喘著氣跑回來。明智接過獵槍，裝上子彈，把槍扛在肩上，瞄準塔頂。

「等等，明智先生，不可以殺死犯人，這是我的責任。」

警部補連忙抓住槍桿。

「不，我沒有要殺他，我不會傷害他。你就好好看著吧！」

明智偵探說完，再度瞄準塔頂，扣下獵槍的板機。子彈劃破空氣，露出淡淡的硝煙。這時，塔頂的怪盜搖搖欲墜，警察全都屏氣凝神看著塔頂。在月光的照耀下，怪盜飄浮在空中，離開避雷針，身體橫躺的滑下塔頂，嘶的掉落在空中。

黑色披風的翅膀，愈來愈大。彷彿擁有一張猛虎臉的可怕怪物，即將落到眾人頭上似的，警察們全都「哇」的大叫跳開。等到怪盜落地之後，又全部聚攏到他的身邊。

被警察們包圍的魔法博士的怪盜二十面相，到底是生，還是死？他躺在地上，一動也不動。在藍色的月光映照之下，好像火星人似的，露出奇怪的姿態。明智偵探撥開人群，走近怪盜。在怪盜的腳邊聽到喀吱

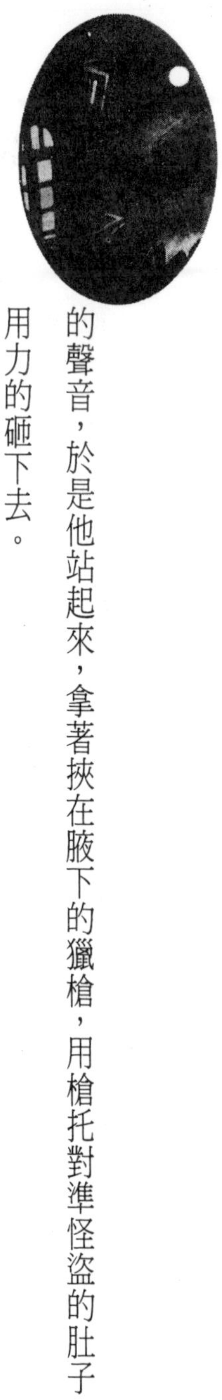

的聲音，於是他站起來，拿著挾在腋下的獵槍，用槍托對準怪盜的肚子，用力的砸下去。

結果怪盜的身體不斷的抖動，看起來好像快要消失似的。接著從腳趾開始變扁，然後是腰，全身扁得有如仙貝一般。

解開謎團

「哇哈哈哈……」

看到周圍警察茫然的神情，明智突然放聲大笑。結果使得大家更是一頭霧水。

「各位，這只是一個人偶，是個橡皮人偶。除了披風之外，其餘全都是橡皮製的。」

「啊，就像是青銅魔人……」

警部補突然說道。

「沒錯，和青銅魔人的機關相同，魔法博士製造了橡皮人偶。在危急時，用來當成他的替身。你看，這個人偶腳上的卡鎖和青銅魔人的一模一樣。我鬆掉卡鎖，漏掉空氣，所以才會變成扁的。」

先前聽到喀吱的聲音，原來是明智鬆開卡鎖發出的聲音。人偶是橡膠製的，打入空氣就會膨脹。穿上衣服，戴上假髮和鬍鬚。臉和手則用顏料塗成像人一樣的顏色，再戴上眼鏡。

「原本我一直沒有察覺。不過，塔上天花板有祕密通道，通往塔頂。二十面相拿著人偶，爬到塔頂。再把人偶用繩子綁在避雷針上，自己則逃逸無蹤。我發射獵槍，只是為了打斷繩子，讓它掉下來。」

「那麼，那傢伙……」

「可能已經沿著塔頂逃走。他每次都會隨身帶著繩梯，所以也許是從塔頂爬到正屋的屋頂，應該還沒有離開洋房。守衛應該沒問題吧？他

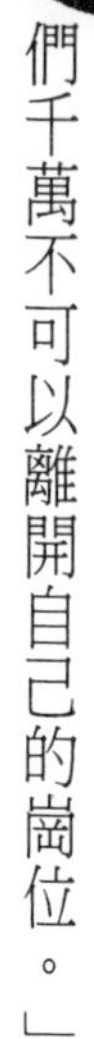

們千萬不可以離開自己的崗位。」

「沒問題，整棟洋房已經被我們包圍。在場的警察全都像是游擊隊，沒有固守的崗位……。不過，明智先生，你怎麼知道他是人偶，我們全都以為他是魔法博士呢！」

「如果不是人偶，我就不會用獵槍去射它。光是用眼睛看，不能確定他是不是人偶。但我不是用看的，而是用頭腦思考的。」

「這是推理嘛！我完全不懂。」

「只要有守衛，就不必急著找那傢伙。好，那我就先來說明一下。不過，真的沒問題嗎?車庫是不是也有派人看守?」

「汽油全都漏光了，而且車庫的入口也有人在監視著。那傢伙只能走路逃走，可是，現在還沒有接到任何報告，可見他沒有逃走，一定還躲在屋裡的某處。」

「那麼，我就逐一解釋給你聽。這和『密室』之謎有關。他的確進入地下室，而且關上門。我們進去時，沒有發現他的蹤跡，也沒有看見其他出入口，只有兩個通氣孔，而底部通孔氣的灰塵有摩擦過的痕跡。

當時我就聯想到，二十面相以前曾經以青銅魔人的橡皮人欺騙過世人。於是我想，他這次可能也準備了魔法博士的橡皮人。

先前我們為了通過隧道裡的洞穴，擔誤了一點時間架橋。他就利用這個空檔，將藏在某處的人偶拿出來。在人偶的頸部和腳上套上長長的繩子。頸部的繩子穿過頂端的通氣孔，腳上的繩子則穿過底部的通氣孔。自己再繞到通氣孔的外側，從那裡拉動繩子。」

「啊！難怪當時他走路的方式搖搖晃晃的，姿勢很奇怪。不過，因為光線非常的暗，所以我們都被騙了……。但是，為什麼他要關上入口的門，並且上鎖呢？人偶不可能辦到這一點呀！」

「這也是繩子的機關。將長繩子變成兩段，前端圍成圓圈，套在門把上。繩子的另一端拉到通氣孔外，只要輕輕拉，門就可以關上，自然

能夠上鎖。打開也許需要鑰匙，但是關上時不需要。門關上之後，放開繩子，只需要一條繩子，就可以將繩子全部拉到通氣孔外。

接著，把人偶拉到底部通氣孔旁邊，從通氣孔伸出手，拿掉人偶腳上的卡鎖，漏光空氣，人偶就會扁掉。扁掉的橡皮，很容易就可以從十公分大的洞拉到外面。」

「原來如此，我完全懂了。嗯！洞內灰塵摩擦的痕跡就是這樣留下來的，的確是很好的計策。可是只看到灰塵的痕跡，就能推想到這個答案，不愧是明智先生，我實在很佩服。

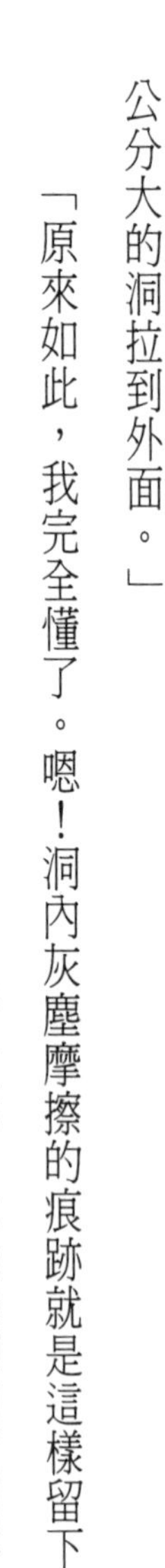

不過，軟癱癱地橡皮人偶在被帶到塔頂時，已經被打入空氣。這麼大的人偶，要怎麼做才能迅速填充空氣呢？」

「這和『青銅魔人』的手法是一樣的。洋房的某處，應該藏有汽車輪胎的打氣筒，這樣就能夠快速充氣。只要拉一條管子就可以辦到，塔內一定有這種管子。所以只要有打氣筒，人偶就可以迅速充氣。」

「嗯！原來是這樣，這次的事件從一開始都這麼費事。我真的很想親眼看看那傢伙變的魔術，這還是我第一次遇到如此奇怪的犯人。」

「說的沒錯。那傢伙沒有其他目的，只是想讓我感到困擾，用來自娛罷了，他真的很恨我。可是這場競賽還是他輸了，哈哈哈……他真是個可憐的傢伙。」

明智偵探神情愉快的笑了起來。但是，他真的能夠這麼安心嗎？怪盜難道真的無計可施了嗎？

少年跟蹤隊

接下來，警察對整棟怪屋展開地毯式的搜索，找尋怪盜二十面相。明智偵探、警部補和兩名警察來到怪屋的正門。

正面入口的石階兩側，有兩名警察在看守著。

「有沒有什麼異狀？」

當警部補詢問時，其中一人回答：

「沒有可疑的人通過。」

「沒有人從這裡進出嗎？」

「剛才只有明智先生的少年助手和四個孩子出去，後來是明智先生一個人走出來。」

「咦！明智先生？明智先生不是在這裡嗎？你說明智先生從這裡走出來。」

「是的。那個明智先生說他有急事，急急忙忙的走出去了。」

聽他這麼說，明智偵探立刻跑到警察的面前。

「那個男子是不是和我一模一樣呢？」

為了讓對方看清楚長相，於是面對月光，靠近警察的視線。

警察面露困惑的表情，吞吞吐吐的說道：

「嗯！難道不是你嗎？可是長得完全一樣耶！」

「不是我，是怪盜二十面相喬裝的，這是他最拿手的絕活。」

「啊！那麼他是……」

警察們一片驚慌，警部補臉色大變。

「糟了，明智先生。實在不該要求你說明一切，這是我的疏忽。明智先生，該怎麼辦？現在去追他，是不是來不及了……」

氣得以腳跺地。

不過，明智並不著急。

「不，我還沒輸呢！我已經做好萬全的準備。我早就想到那傢伙可能會假扮我逃走。天野勇一還很小，所以，我已經請人將他帶到我在橫濱的朋友那裡去了。但是，小林和三名少年並沒有回去，萬一在怪盜逃走時，為了讓他們便於跟蹤，早就讓他們躲在屋外的樹叢中待命。」

「可是，孩子們可能不知道那個明智先生是假扮的。」

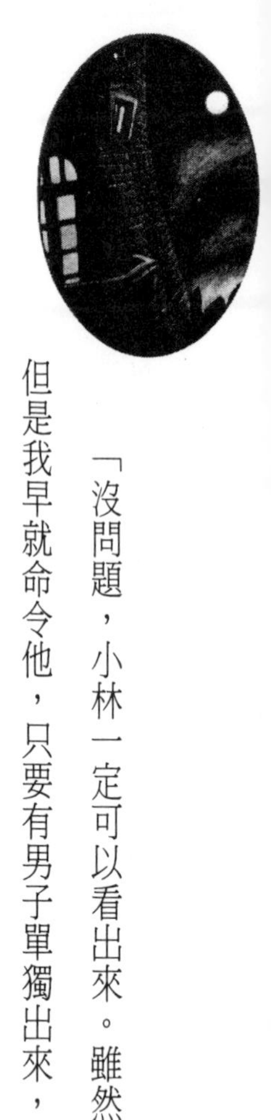

「沒問題，小林一定可以看出來。雖然對方和我的長相一模一樣，但是我早就命令他，只要有男子單獨出來，就一定要跟蹤。不只如此，我還有更有趣的計畫。你們等著瞧，孩子們絕對有很大的收穫。」

由於明智的態度相當鎮定，所以警察們全都暫時感到安心。不過，眾人還是面露擔心的表情，看著門外。

不久之後，門外真的有三名少年，彷彿松鼠似的溜了進來。看到明智偵探時，立刻跑到他面前。各位讀著對這三名少年並不陌生，他們就是少年偵探團的成員花田、石川和田村。

「老師。」

花田喘著氣，好像想說什麼。

「你們跟蹤那個假扮我的人嗎？」

明智偵探搶先一步問話，讓他們容易報告。

「是的，我們跟在他的身後，沒有讓他發現。」

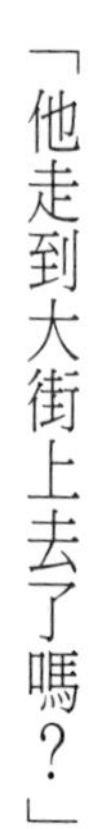

「他走到大街上去了嗎？」

「是的。沒有其他可以逃走的道路。我們和他保持五十公尺遠，悄悄跟在後面。躲在電線桿、垃圾箱和各種東西的陰暗處，尾隨著他。」

「他完全沒有發現嗎？」

「嗯！完全沒有發現。我們早就跟小林團長練習跟蹤術了呢！」

「做得好。那麼，他後來是不是搭車逃走？」

「是的，他毫不知情的坐上汽車。」

「你們不知道他逃到哪裡嗎？」

「不，我溜到汽車旁偷聽呢！」

「噢，太棒了！結果呢？」

「我聽到他說要去東京。車子的目的地是東京。」

「好，做得很好，辛苦你們了，其他事情就交給我。天亮之後，你們就跟著警察叔叔，帶著天野一起回到東京去吧！至於你們的慰勞會，以後再找時間舉行。」

於是明智請警部補派人送天野勇一和三名少年回東京的家中。警部補按照他的吩咐去做，但是，對於他的行動，還是產生狐疑，有不了解之處。

「讓他坐車逃走，真的沒關係嗎？那車子是你熟悉的車子嗎？」很擔心似的詢問。這時，明智竊笑道：

「事實上，我早就設計好讓他搭乘那輛車。小林假扮成助手，坐在駕駛座旁。他的易容術也不差。我吩咐他到我認識的車行借車，扮成在等待夜歸客人的樣子，停在對面大街上。如果二十面相要逃走，因為車庫已經有人看守，所以，只要眼前有空的汽車，他一定會毫不猶豫的跳上去。」

「的確是個妙計。明智先生，真是令人佩服。但是只有駕駛和小林，真的沒問題嗎？那傢伙會變魔術，不知道還會玩什麼把戲。」

「不！無所謂，我已經掌握他的行蹤。逃走之後，他只有一個地方可去，這是他最後的底牌。到底他在打什麼如意算盤，我已經可以猜到。這將是一場大武戲，不，應該說是一場大魔術。但是，這次輪到我當魔術師。」

明智偵探微笑著回頭看著一名警察。

「請你將二十面相停在車庫的車加油，再派一個人將車開回東京……那傢伙的車性能非常優異，可不亞於賽車。」

穿著便服的一名警察，原本是飛行隊中的駕駛好手，於是就毛遂自薦。

難道明智偵探打算用二十面相的座車追捕二十面相？還是有其他的用意？

小林少年的冒險

接著，來說說小林少年的情況。

在距離怪屋不遠處，有一家明智偵探認識的車行。小林來到這家車行，說明自己是明智偵探派來的，希望對方能借他一輛汽車和一名駕駛。

另外，小林還借了一件骯髒的雨衣和鴨舌帽，並將車行地上的灰塵沾在手上，抹在臉上，打扮成邋遢的少年助手，坐在車子的助手席上，駕駛坐在旁邊。然後車子開到二十面相逃走時必經的大街上，時而慢慢前行，時而停下來等待。

坐在助手席上的小林，看著月光照耀的大街，心跳加快。二十面相真的會逃走嗎？到底他會以什麼樣的姿態出現呢？當然不可能是以魔法博士原本的面貌逃出，也許會假扮成明智老師，或者喬裝成更奇怪的

傢伙，畢竟他是擁有二十種不同面貌的易容高手。因此，絕對不能夠掉以輕心。

約莫過了三十分鐘，轉角突然竄出一條人影。小林緊盯著對方，那是明智老師。不，應該說是假扮成明智老師的二十面相。

那傢伙停下腳步，看看四周，確認小林的座車是空車之後，立刻朝這裡飛奔過來。

如果他真的是二十面相，那麼，身後應該有三名少年偵探團的隊員跟蹤才對。小林目不轉睛的看著假扮成明智的二十面相，之前跑過來的轉角處。

結果在轉角的地方，看到好像松鼠般躲躲藏藏的小小人影。的確是那三個人，確實是跟蹤明智老師而來的三名少年。

看到之後，小林更確定這傢伙是二十面相。於是對駕駛做暗號，耐心的等待。

與明智老師扮相一樣的傢伙，跑到汽車旁邊，詢問道：「可以去東京嗎？」連聲音都和明智老師一模一樣。駕駛回答：「到哪兒去都行。」這名男子立刻打開車門，跳上後座，說道：

「全速前進。」

小林在汽車往前奔馳時，用手指的指甲在左側的車窗上叩叩、叩叩、叩、叩的敲了六下。這是和明智老師約定的通信暗號。如果這傢伙真的是明智老師，那麼他一定會做出叩、叩叩的回應，但是對方卻無動於衷，現在小林非常肯定，即使他們的打扮一模一樣，但他絕不是明智老師。他看到小林的舉動，卻沒有任何反應。因此，他確實是二十面相。

「要多少錢我都可以給你，現在儘管全速前進。快點，開快點。」

男子焦躁了起來，根本沒有想到小林會假扮成助手，就在自己的眼前。

車子開到廣大的京濱國道，以驚人的速度往前奔馳。東方的天空微

亮，此刻已經是清晨了。兩側的工廠和住家，陸續被迅速拋在後方。國道上，沒有車，也沒有人等任何的障礙。

載著怪盜的汽車，如入無人之境，彷佛黑風般的急馳。

這時，後方突然有強光，是另一輛汽車的車頭燈。小林將頭探出窗外，看著後方，而坐在後座的怪盜也看著後面的車窗。在距離五十公尺處，兩個車頭燈就好像怪物的眼睛一樣，不斷的放射強光。由於光線太耀眼，根本無法看清車內的人的模樣。

自己乘坐的車子全速奔馳，但是，後方的車子卻開得更快，速度快得驚人。

假扮成明智偵探的怪盜，似乎有點坐立不安，不斷的催促駕駛。

「喂！不要讓他超過我們，加速前進。只要甩開後面的車，我就給你獎金五千圓（相當於現在的十萬日幣）。」

然而，無論再怎麼加快，汽車有其一定的性能，這是無可奈何的。

不一會兒，後方的車已經緊跟在身後，炫目的車頭燈照亮這一頭的車內，瞬間就被追趕過去。

接下來，輪到這邊的車頭燈照著對方的車。可是不知道為什麼，那輛車的車牌被矇上布，看不到車號。由於車頭燈已經熄滅，所以後座的人趴在裡面，也看不到他的模樣。

超越的那一輛車子，加快速度，揚長而去，終於看不見蹤影。不知道還在國道上奔馳，還是已經走到岔路上去了。

因此，很明顯的，那輛車並不是要追捕二十面相。如果是要追捕他，怎麼可能像逃走般快速的先行離去？怪盜放下懸宕的心，整個人靠在椅背上。

到底是誰坐在那輛汽車上，難道真的是明智偵探嗎？如果真的是他，為什麼不抓住怪盜而先行離去呢？

這時，天色大亮，早起的店家紛紛開門營業。怪盜乘坐的車通過品

川車站，駛向東京的城市。

明智夫人的危難

汽車到達東京時，依怪盜的指示，車子一會兒往左，一會兒往右，不停的前進。最後停在距千代田區明智偵探事務所約半個行政區域距離的街道上。

啊！膽大包天假扮明智偵探的二十面相，難道想要趁偵探不在時，偷偷潛入偵探事務所嗎？到底他想趁明智偵探不在時做什麼壞事呢？

「也許會花上三、四十分鐘，但是，請你在這裡等我，我很快就會回來的。」

二十面相說著，掏出幾張千圓大鈔遞給駕駛。然後打開門，走到偵探事務所去。

按下玄關門旁的電鈴，不久之後，睡眼惺忪的傭人，揉揉眼睛來開門。

「啊！是老師回來啦！」

「嗯！昨晚太忙了。文代還在睡嗎？」

「是的，夫人還在睡。要叫醒她嗎？」

「嗯！叫醒她。然後準備兩杯紅茶，端到我的房間來。」

「是的。」

傭人毫不懷疑的，在假偵探進入房間時，趕緊去叫醒明智的妻子文代女士。

假偵探似乎知道明智的房間在哪裡，直接走上樓，來到二樓明智的起居室。房間的角落有床，還放置著幾張安樂椅，房間相當寬廣。

假扮成明智偵探的二十面相，就好像回到自己家中，坐在安樂椅上。從擺在桌上的菸盒中，拿出一根香煙，用旁邊的打火機點燃。

不一會兒，穿著藍色裙子、鮮黃色毛衣的美麗的文代夫人，微笑著走了進來。

「你回來啦，累了吧！我很擔心你，二十面相又逃走了嗎？」

「嗯！那傢伙很難應付，我們必須趕緊離開事務所。妳和我今天一天必須要先到其他的地方避難。接下來就要展開圍捕那傢伙的計畫。」

「啊！要到哪兒去呢？」

「不遠，汽車已經在等我們了。」

這時，傭人端了紅茶過來。假明智故意走到門口，接過托盤。支開傭人後，趴的關上門。接著回到原先的椅子那裡，背對文代夫人。從口袋裡取出一個小瓶子，將裡面的白粉倒入其中的一杯紅茶中，再用湯匙攪拌。手法好像魔術師，十分迅速。

然後又裝成若無其事的模樣，坐回椅子上，並將放著紅茶的托盤放到桌上。

「雖然時間急迫，但還是可以喝杯茶。妳也喝吧！」

說著，將放入粉末的紅茶遞給文代女士，兩人啜飲著紅茶。

「怎麼啦！妳的臉色怎麼這麼難看？」

「嗯，好苦啊！這紅茶好苦。這是怎麼一回事？」

「妳太多心了，快！我們趕緊準備外出吧！」

但是，文代女士遲遲沒有起身，反而一直看著明智。

「咦！妳為什麼這樣看著我，有什麼奇怪的嗎？」

「你的臉好奇怪啊！」

文代的眼睛瞪著假偵探。

「哈哈哈哈哈，妳在胡說什麼，還沒睡醒嗎？」

「不，不是的，你不是明智小五郎。你、你到底是誰？」

文代是在『吸血鬼』︹江戶川亂步寫的適合成人閱讀的神祕小說。

一九三〇年︵昭和五年︶發表︺事件當中，曾經立下大功的美麗女偵探。

在那次事件之後，就和明智偵探結婚。因此，的確具有能夠識破對方喬裝改扮的眼光。二十面相的易容術相當高明，很少有人能夠找出破綻。但還是騙不過明智夫人的眼睛。

「哇哈哈哈哈哈……。」

怪盜似乎覺得很有趣似的大笑。在看到文代夫人懷疑的目光之後，他知道自己再也隱瞞不下去了。

「被妳識破了嗎？我就是妳知道的那名男子，怪盜二十面相。社會上的人都這麼稱呼我的。哈哈哈哈哈，我已經把明智先生關在某個地方，妳再也見不到他了。」

文代女士搖搖晃晃的站起來，打算走到門口。可是不知道怎麼回事，竟然連走路的力氣都沒有，倒在另一張椅子上。

「夫人，妳已經不行了吧？雖然想逃走，但是身體卻不聽使喚，這是因為藥物的緣故。我在紅茶中放入麻醉藥，妳就一直待在那兒吧！我

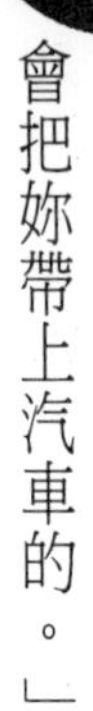

會把妳帶上汽車的。」

怪盜二十面相說著，伸出雙手，打個大呵欠。

「既然要走，就要先準備一、兩套可以更換的衣服，衣櫥應該是在這裡吧！」

房間的角落擺著衣櫥，裡面掛滿衣物。二十面相連這一點都知道。他走到衣櫥前，雙手放在門上，用力的將門朝左右推開。而在打開門的同時，就算是無惡不作的壞人，也不禁啊的大叫一聲，楞在原地。

到底他看到了什麼呢？

原來衣架上的衣服早就全都掉落在地，露出衣櫥後方的牆。這面牆大約有一間見方（相當於一．八公尺見方），上面嵌著一面大鏡子。鏡子裡映著二十面相的全身。不，不是二十面相，而是明智偵探。

他啊的叫了一聲，倒退幾步。但是不知怎麼的，鏡中的影子非但並沒有後退，反而朝他逼近。

二十面相覺得自己好像在做惡夢，同時覺得可能是自己眼花了。試著再走近鏡子，他想也許這樣自己的影子就會朝後方倒退，可是這次影子卻一動也不動。雖然自己走動，但對方卻沒有移動。舉起手，對方的手沒有反應。面露笑容，對方卻表情嚴肅。

「你是誰？」

再也無法忍受的大叫。鏡中的人物這才揚起嘴角，笑了起來。鏡中的人終於放聲大笑。

「哇哈哈哈……，我是誰？應該是我問你吧！長得和我一模一樣，穿著和我相同的衣服，而且還跑到我家來的傢伙，到底是誰啊？」

眼前的不是鏡子，而是真的明智小五郎站在那裡。名偵探在橫濱怪屋中所說的接下來輪到我表演大魔術，原來就是指這件事情。在衣櫥裡的，根本不是鏡子。二十面相在衣櫥裡看到一個與自己面貌相同的人，才會誤以為是鏡子。

真正的明智，從衣櫥裡走出來。兩個明智，從頭頂到腳底，分毫不差。兩個明智小五郎面對面，互瞪對方。

真正的明智舉起右手，指著假明智的後方。假明智驚訝的回頭一看，原本應該因為麻醉藥而昏倒的文代女士，現在竟然笑吟吟的坐在椅子上。

「文代是女偵探，怎麼可能被麻醉藥所騙呢？她只是假裝喝下紅茶，其實全都吐到手帕上了。文代裙子的口袋裡，應該還放著一條皺巴巴的手帕吧！」

「這麼說來，她一開始就知道我不是明智囉？」

「沒錯。我的汽車在京濱國道超過你的車，早一步回到這裡。我早就在家裡恭候你多時。我知道你一定會到這裡來的。」

「畜牲！」

二十面相臉色蒼白，緊咬嘴唇。他真的是徹底失敗，這還是他頭一次慘敗。佈滿血絲的眼睛，骨碌碌的看著周圍。

「你應該投降了吧？」

明智莞爾笑著說道。

「我絕不投降。」

二十面相還在掙扎。緊咬的下唇，似乎已經滲出血來。表情變得相當可怕且猙獰。

「那麼，你打算怎麼做呢？」

二十面相突然轉身，朝窗戶跑去。

原以為他要大叫，不料他竟然爬上窗戶，踢破玻璃窗。如子彈般，迅速跳了出去。從二樓跳到地面。

「哎呀，明智！」

文代夫人驚訝的大叫。

「妳不必擔心，我早就料到他有這一手。現在的他，就好像囊中物。」

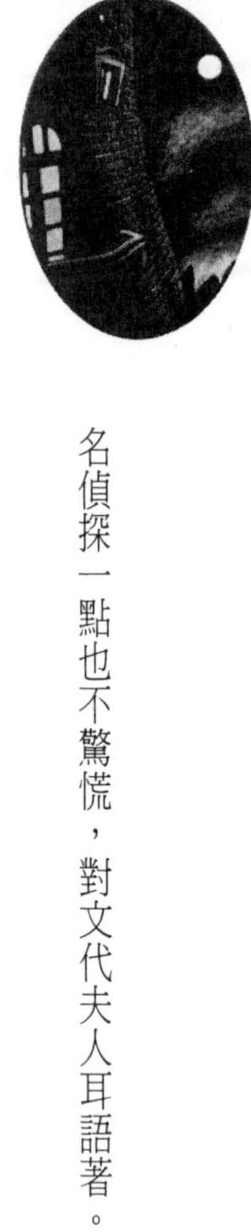

名偵探一點也不驚慌，對文代夫人耳語著。然後就直接離開房間。

機動警察隊

載著怪盜前來的汽車，在街道的轉角處等待。小林少年一直坐在駕駛的旁邊。為什麼不跟蹤怪盜二十面相，而在這裡優閒的等待呢？這是有原因的。

在假明智離開不久後，真明智的座車開了過來，對小林做了一些指示。由於他先前有做出叩、叩叩的暗號，所以知道他是真的明智老師。這時，偵探將兩個黑色的東西交給小林，小林把其中一個遞給旁邊的駕駛，另一個則塞進自己的口袋。

過了三十分鐘，明智又來到車子等待處。這次來的是假偵探。因為他沒有做出叩叩的暗號。

假偵探慌慌張張的跳上車，大叫道。

「先趕緊開到渋谷車站，然後我再告訴你下一步怎麼走。」

駕駛按照他的吩咐開車，聽從他的命令全速前進。

不一會兒，假明智露出怪異的表情，看著窗外。

「喂！司機，方向是不是弄錯了呢？我說的是去渋谷，是渋谷車站耶！」

但是駕駛並沒有回答，繼續默默的開車，似乎不打算轉換方向。

「喂！你沒聽到嗎？你要開去哪裡，難道你不知道渋谷怎麼走嗎？」

假明智再次大吼著。

就在這時，駕駛突然煞車，身體轉向後座，小林也同樣的向後轉。四隻眼睛瞪著明智，而且兩人手上都拿著小型的手槍，槍口瞄準假明智的胸前。

「把手舉起來！」

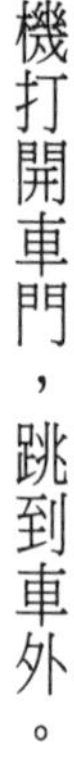

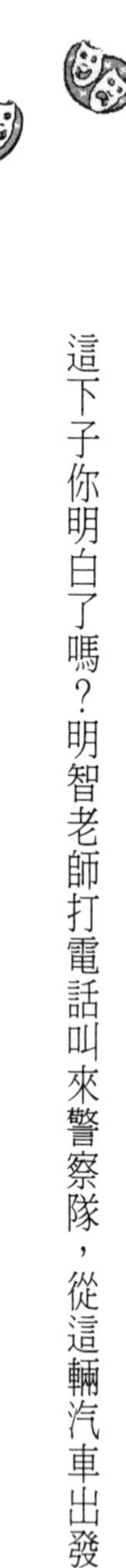

兩人異口同聲的叫道。

假明智立刻將雙手舉到肩膀上方，眼珠子不斷的轉動著。好像想伺機打開車門，跳到車外。

「你看窗外，根本無路可逃了。」

小林彷彿獲得勝利似的，得意的說道。

假明智看向窗外，不知何時，已經有如此大的陣仗在等著他。汽車的四周已經被大批警力包圍，三台摩托車、三輛警車，車內的警察人數約有二十人。

「喂！二十面相，你很驚訝吧！猜猜我是誰。我就是曾經被你欺負得很慘的小林，我就是明智老師的少年助手。哈哈哈……，你以為方向弄錯了嗎？方向沒錯，你要去的地方就是警政署。在摩托車和警車的護送之下，我們的目的地是警政署。

這下子你明白了嗎？明智老師打電話叫來警察隊，從這輛汽車出發時，他們就一直跟著我們，他們就是機動警察。你看，那輛警車有著銀色的鬍子，就像鰻魚一樣。還有一根銀色的觸角豎立著，那就是無線電話車。能夠和警政署總部用無線電聯絡，能夠掌握你的行蹤。現在那輛車上就坐著我的老師，真正的明智偵探，打算把你抓到中村搜查組長那裡去呢！」

小林神情愉快的說著。

汽車又開始前進，當然是朝著警政署出發。二十面相似乎已經放棄掙扎，垂頭喪氣的倒在椅背上。即使會變魔術，走到這個地步，再也變不出什麼戲法。

請看，迎面出現了一棟警政署宏偉的建築物。他們正慢慢的接近警視廳，入口的石階映入眼簾。中村組長正站在石階上，而其身後則站著搜查第一課長，旁邊還有另外三名少年。啊！他們不是別人，正是花田、石川和田村，是少年偵探團的三名少年。因為他們實在不放心，所以請

警察叔叔帶他們到這裡來。

小林少年一臉驕傲的表情。能夠和明智老師一起親手逮捕怪盜二十面相，讓他爬上這個石階，拉他到中村組長和搜查課長面前，想到這裡，他就興奮不已。

「明智老師，萬歲！」

小林在心中大呼萬歲。

解說

亂步先生

秋山憲司
（前白楊社編輯部）

一九五二年，我和江戶川亂步先生初次見面。當時他五十八歲。這一年，在少年雜誌「偵探王」上開始連載原本是適合成人閱讀的亂步先生的『黃金假面』，後來由武田武彥先生改寫成適合少年閱讀的故事。希望這本書由白楊社出版，於是前去拜訪位於東京池袋車站西口、立教大學裡的亂步府上。

亂步家在改建之前是木造平房，玄關是格子門，裝潢十分古色古香。佔地約三百五十坪，庭園廣闊，庭園內有傳說中的土牆倉房。

當時，白楊社並沒有出版亂步先生的任何一本書。亂步先生撰寫的

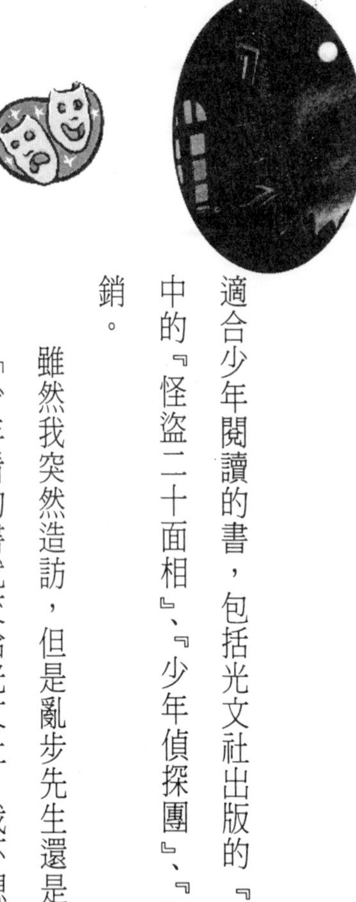

適合少年閱讀的書，包括光文社出版的『少年偵探．江戶川亂步全集』中的『怪盜二十面相』、『少年偵探團』、『妖怪博士』等八本書，非常暢銷。

雖然我突然造訪，但是亂步先生還是招待我。

「少年看的書就交給光文社，我不想再轉給其他出版社。」

亂步先生拒絕我的要求。

對於專門發行適合少年閱讀的書籍的白楊社而言，希望能夠爭取出版亂步先生的書。因此，我每週都固定去拜訪他一次。最初亂步先生會見我，但是，最後隆子夫人則說：「你再問幾遍，答案都一樣是不行。」斷然拒絕我。

然而在連載結束時，亂步先生卻對我說。

「好吧！我輸給你的熱心了。那麼『黃金假面』就由白楊社出版吧！」

得到他的首肯，而且還拿到『黃金宮殿（新寶島）』的出版權。聽說是隆子夫人因為同情這個一直前來拜訪卻總是遭到拒絕的編輯，於是在旁說情的緣故。『黃金假面』的故事是說，偷竊日本美術品的法國怪盜亞森羅蘋，以及日本名偵探明智小五郎的鬥智場面。在雜誌上連載時，深獲好評。編纂成書籍之後，也極為暢銷。

在數次拜訪亂步先生之後，他還允許我出版翻譯自外國偵探（推理）小說的『黃金假面』等原本適合成人閱讀的書籍，重新編纂成適合少年閱讀的書籍。後來總共出版二十五本，而且全都相當暢銷，令亂步先生喜悅不已。

另一方面，光文社的『少年偵探・江戶川亂步全集』，到了一九六二年時，突然從書店中銷聲匿跡。當我將這件事告訴亂

故事連載時世田谷的風光

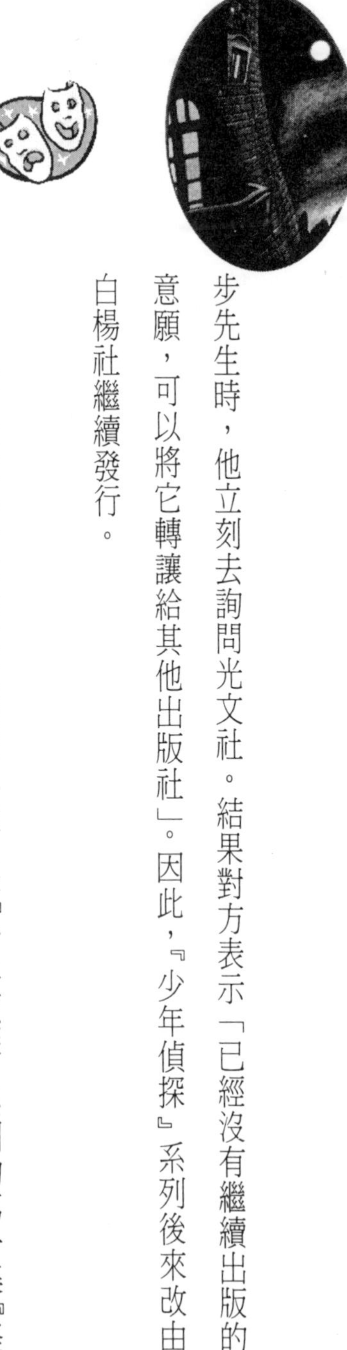

步先生時，他立刻去詢問光文社。結果對方表示「已經沒有繼續出版的意願，可以將它轉讓給其他出版社」。因此，『少年偵探』系列後來改由白楊社繼續發行。

亂步先生為少年撰寫的偵探小說，是『少年偵探』系列的第一集『怪盜二十面相』。其後在一九三六年，講談社出版的雜誌「少年俱樂部」中連載。亂步先生回想當時的情況，做了以下的敘述。

〈我在娛樂雜誌上寫的適合成人閱讀的故事，充滿孩子氣，內容也很簡單，所以『少年俱樂部』的編輯認為，這個人寫的故事一定適合少年閱讀，於是前來拜託我。（略）最初我希望寫類似少年亞森羅蘋一類的故事，以「怪盜二十面相」為題材。

但是，當時少年雜誌的道德規定比現在更嚴格，不能用「盜」這個字眼。而且發音比較不順暢，所以改為「怪人」」。

怪人二十面相是擁有二十種不同面貌的易容高手，和羅蘋一樣，不喜歡殺人，也不喜歡傷人。偷竊的不是金錢，而是美術品或寶石。（略）這個『怪人二十面相』系列，屬於『少年偵探團』系列。最大的特徵是，無論是何種場面，都很少出現手槍或刀子，也就是不殺人。二十面相討厭見血。此外，少年偵探團也不使用手槍或刀子。少年偵探團的七個偵探道具當中，並沒有手槍或刀子。〉

（我的兒童文學．怪人二十面相與少年偵探團）

亂步先生排除偵探小說不可或缺的殺人場面，認為少年的刊物就應該適合少年閱讀。因此，將二十面相與名偵探明智鬥智的場面，運用遊戲的手法描寫，當然廣受少年歡迎。發表之後，經過六十年，現在再度重新包裝，使其復活。

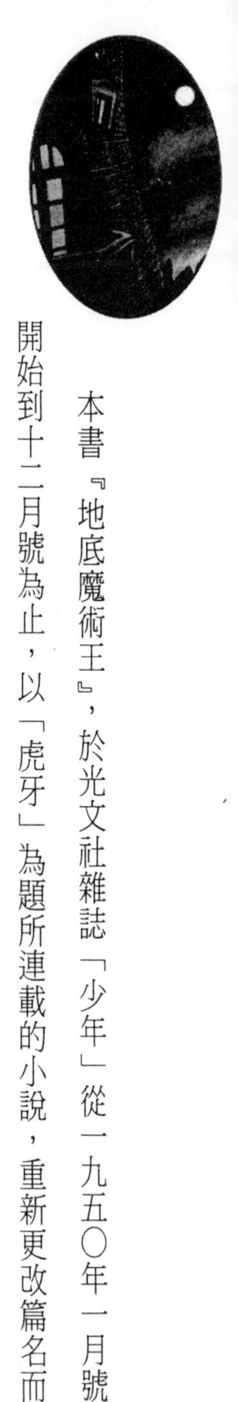

本書『地底魔術王』，於光文社雜誌「少年」從一九五〇年一月號開始到十二月號為止，以「虎牙」為題所連載的小說，重新更改篇名而出版。因為與白楊社的『怪盜羅蘋全集』中標題相同，為了避免讀者混淆，所以才改名。

法律專欄連載・大展編號58

台大法學院 法律學系／策劃
法律服務社／編著

1. 別讓您的權利睡著了(1) 200元
2. 別讓您的權利睡著了(2) 200元

・生活廣場・品冠編號61・

1. 366天誕生星 李芳黛譯 280元
2. 366天誕生花與誕生石 李芳黛譯 280元
3. 科學命相 淺野八郎著 220元
4. 已知的他界科學 陳蒼杰譯 220元
5. 開拓未來的他界科學 陳蒼杰譯 220元
6. 世紀末變態心理犯罪檔案 沈永嘉譯 240元
7. 366天開運年鑑 林廷宇編著 230元
8. 色彩學與你 野村順一著 230元
9. 科學手相 淺野八郎著 230元
10. 你也能成為戀愛高手 柯富陽編著 220元
11. 血型與十二星座 許淑瑛編著 230元
12. 動物測驗—人性現形 淺野八郎著 200元
13. 愛情、幸福完全自測 淺野八郎著 200元
14. 輕鬆攻佔女性 趙奕世編著 230元
15. 解讀命運密碼 郭宗德著 200元
16. 由客家了解亞洲 高木桂藏著 220元

・女醫師系列・品冠編號62

1. 子宮內膜症 國府田清子著 200元
2. 子宮肌瘤 黑島淳子著 200元
3. 上班女性的壓力症候群 池下育子著 200元
4. 漏尿、尿失禁 中田真木著 200元
5. 高齡生產 大鷹美子著 200元
6. 子宮癌 上坊敏子著 200元

7. 避孕	早乙女智子著	200 元
8. 不孕症	中村春根著	200 元
9. 生理痛與生理不順	堀口雅子著	200 元
10. 更年期	野末悅子著	200 元

・傳統民俗療法・品冠編號 63

1. 神奇刀療法	潘文雄著	200 元
2. 神奇拍打療法	安在峰著	200 元
3. 神奇拔罐療法	安在峰著	200 元
4. 神奇艾灸療法	安在峰著	200 元
5. 神奇貼敷療法	安在峰著	200 元
6. 神奇薰洗療法	安在峰著	200 元
7. 神奇耳穴療法	安在峰著	200 元
8. 神奇指針療法	安在峰著	200 元
9. 神奇藥酒療法	安在峰著	200 元
10. 神奇藥茶療法	安在峰著	200 元

・彩色圖解保健・品冠編號 64

1. 瘦身	主婦之友社	300 元
2. 腰痛	主婦之友社	300 元
3. 肩膀痠痛	主婦之友社	300 元
4. 腰、膝、腳的疼痛	主婦之友社	300 元
5. 壓力、精神疲勞	主婦之友社	300 元
6. 眼睛疲勞、視力減退	主婦之友社	300 元

・心 想 事 成・品冠編號 65

1. 魔法愛情點心	結城莫拉著	120 元
2. 可愛手工飾品	結城莫拉著	120 元
3. 可愛打扮 & 髮型	結城莫拉著	120 元
4. 撲克牌算命	結城莫拉著	120 元

・少年偵探・品冠編號 66

1. 怪盜二十面相	江戶川亂步著	特價 189 元
2. 少年偵探團	江戶川亂步著	特價 189 元
3. 妖怪博士	江戶川亂步著	特價 189 元
4. 大金塊	江戶川亂步著	特價 230 元
5. 青銅魔人	江戶川亂步著	特價 230 元
6. 地底偵探王	江戶川亂步著	
7. 透明怪人	江戶川亂步著	

8. 怪人四十面相　江戶川亂步著
9. 宇宙怪人　江戶川亂步著
10. 恐怖的鐵塔王國　江戶川亂步著
11. 灰色巨人　江戶川亂步著
12. 海底魔術師　江戶川亂步著
13. 黃金豹　江戶川亂步著
14. 魔法博士　江戶川亂步著
15. 馬戲怪人　江戶川亂步著
16. 魔人剛果　江戶川亂步著
17. 魔法人偶　江戶川亂步著
18. 奇面城的秘密　江戶川亂步著
19. 夜光人　江戶川亂步著
20. 塔上的魔術師　江戶川亂步著
21. 鐵人Q　江戶川亂步著
22. 假面恐怖王　江戶川亂步著
23. 電人M　江戶川亂步著
24. 二十面相的詛咒　江戶川亂步著
25. 飛天二十面相　江戶川亂步著
26. 黃金怪獸　江戶川亂步著

・武 術 特 輯・大展編號 10

1.	陳式太極拳入門	馮志強編著	180 元
2.	武式太極拳	郝少如編著	200 元
3.	練功十八法入門	蕭京凌編著	120 元
4.	教門長拳	蕭京凌編著	150 元
5.	跆拳道	蕭京凌編譯	180 元
6.	正傳合氣道	程曉鈴譯	200 元
7.	圖解雙節棍	陳銘遠著	150 元
8.	格鬥空手道	鄭旭旭編著	200 元
9.	實用跆拳道	陳國榮編著	200 元
10.	武術初學指南	李文英、解守德編著	250 元
11.	泰國拳	陳國榮著	180 元
12.	中國式摔跤	黃　斌編著	180 元
13.	太極劍入門	李德印編著	180 元
14.	太極拳運動	運動司編	250 元
15.	太極拳譜	清・王宗岳等著	280 元
16.	散手初學	冷　峰編著	200 元
17.	南拳	朱瑞琪編著	180 元
18.	吳式太極劍	王培生著	200 元
19.	太極拳健身與技擊	王培生著	250 元
20.	秘傳武當八卦掌	狄兆龍著	250 元
21.	太極拳論譚	沈　壽著	250 元
22.	陳式太極拳技擊法	馬　虹著	250 元

・道 學 文 化・大展編號 12

1.	道在養生：道教長壽術	郝　勤等著	250 元
2.	龍虎丹道：道教內丹術	郝　勤著	300 元
3.	天上人間：道教神仙譜系	黃德海著	250 元
4.	步罡踏斗：道教祭禮儀典	張澤洪著	250 元
5.	道醫窺秘：道教醫學康復術	王慶餘等著	250 元
6.	勸善成仙：道教生命倫理	李　剛著	250 元
7.	洞天福地：道教宮觀勝境	沙銘壽著	250 元
8.	青詞碧簫：道教文學藝術	楊光文等著	250 元
9.	沈博絕麗：道教格言精粹	朱耕發等著	250 元

・易學智慧・大展編號 122

1.	易學與管理	余敦康主編	250 元
2.	易學與養生	劉長林等著	300 元
3.	易學與美學	劉綱紀等著	300 元
4.	易學與科技	董光壁　著	280 元
5.	易學與建築	韓增祿　著	280 元
6.	易學源流	鄭萬耕　著	元
7.	易學的思維	傅雲龍等著	元
8.	周易與易圖	李　申　著	元

・神算大師・大展編號 123

1.	劉伯溫神算兵法	應　涵編著	280 元
2.	姜太公神算兵法	應　涵編著	280 元
3.	鬼谷子神算兵法	應　涵編著	280 元
4.	諸葛亮神算兵法	應　涵編著	280 元

・秘傳占卜系列・大展編號 14

1.	手相術	淺野八郎著	180 元
2.	人相術	淺野八郎著	180 元
3.	西洋占星術	淺野八郎著	180 元
4.	中國神奇占卜	淺野八郎著	150 元
5.	夢判斷	淺野八郎著	150 元
6.	前世、來世占卜	淺野八郎著	150 元
7.	法國式血型學	淺野八郎著	150 元
8.	靈感、符咒學	淺野八郎著	150 元
9.	紙牌占卜術	淺野八郎著	150 元
10.	ESP 超能力占卜	淺野八郎著	150 元

11. 猶太數的秘術	淺野八郎著	150 元
12. 新心理測驗	淺野八郎著	160 元
13. 塔羅牌預言秘法	淺野八郎著	200 元

・趣味心理講座・大展編號 15

1. 性格測驗① 探索男與女	淺野八郎著	140 元
2. 性格測驗② 透視人心奧秘	淺野八郎著	140 元
3. 性格測驗③ 發現陌生的自己	淺野八郎著	140 元
4. 性格測驗④ 發現你的真面目	淺野八郎著	140 元
5. 性格測驗⑤ 讓你們吃驚	淺野八郎著	140 元
6. 性格測驗⑥ 洞穿心理盲點	淺野八郎著	140 元
7. 性格測驗⑦ 探索對方心理	淺野八郎著	140 元
8. 性格測驗⑧ 由吃認識自己	淺野八郎著	160 元
9. 性格測驗⑨ 戀愛知多少	淺野八郎著	160 元
10. 性格測驗⑩ 由裝扮瞭解人心	淺野八郎著	160 元
11. 性格測驗⑪ 敲開內心玄機	淺野八郎著	140 元
12. 性格測驗⑫ 透視你的未來	淺野八郎著	160 元
13. 血型與你的一生	淺野八郎著	160 元
14. 趣味推理遊戲	淺野八郎著	160 元
15. 行為語言解析	淺野八郎著	160 元

・婦 幼 天 地・大展編號 16

1. 八萬人減肥成果	黃靜香譯	180 元
2. 三分鐘減肥體操	楊鴻儒譯	150 元
3. 窈窕淑女美髮秘訣	柯素娥譯	130 元
4. 使妳更迷人	成 玉譯	130 元
5. 女性的更年期	官舒妍編譯	160 元
6. 胎內育兒法	李玉瓊編譯	150 元
7. 早產兒袋鼠式護理	唐岱蘭譯	200 元
8. 初次懷孕與生產	婦幼天地編譯組	180 元
9. 初次育兒 12 個月	婦幼天地編譯組	180 元
10. 斷乳食與幼兒食	婦幼天地編譯組	180 元
11. 培養幼兒能力與性向	婦幼天地編譯組	180 元
12. 培養幼兒創造力的玩具與遊戲	婦幼天地編譯組	180 元
13. 幼兒的症狀與疾病	婦幼天地編譯組	180 元
14. 腿部苗條健美法	婦幼天地編譯組	180 元
15. 女性腰痛別忽視	婦幼天地編譯組	150 元
16. 舒展身心體操術	李玉瓊編譯	130 元
17. 三分鐘臉部體操	趙薇妮著	160 元
18. 生動的笑容表情術	趙薇妮著	160 元
19. 心曠神怡減肥法	川津祐介著	130 元

地底魔術王

國家圖書館出版品預行編目資料

地底魔術王／江戶川亂步著；施聖茹譯
－－初版－臺北市，品冠文化，2002〔民91〕
面；21公分 ── （少年偵探；6）
譯自：地底の魔術王
ISBN 957-468-121-1（精裝）

861.59　　　91000608

版權仲介：京王文化事業有限公司

少年偵探6 **地底魔術王**　ISBN 957-468-121-1

著　　者／江戶川亂步
譯　　者／施　聖　茹
發 行 人／蔡　孟　甫
出 版 者／品冠文化出版社
社　　址／台北市北投區（石牌）致遠一路2段12巷1號
電　　話／(02) 28233123・28236031・28236033
傳　　真／(02) 28272069
郵政劃撥／19346241
E - mail／dah-jaan @ms 9.tisnet.net.tw
登 記 證／北市建一字第227242號
區域經銷／千淞圖書有限公司
地　　址／三重市中興北街186號5樓
電　　話／(02)29999958
承 印 者／高星印刷品行
裝　　訂／源太裝訂實業有限公司
排 版 者／千兵企業有限公司
初版1刷／2002年（民91年）3月

~~定　價／300元~~
特　價／230元